U0755584

编委会名单

主　编　　　　　　　　　　黄荣华

编　委

复旦大学附中	李　郦　王希明
北京大学附中	蔡　明
西安交大附中	黑永先　裴　兰
华东师大二附中	江　汇　孙　彧
山东省实验中学	王　岱
杭州高级中学	包素茵　陈　童
上海育才中学	马玉文
上海杨浦高级中学	陈爱平
上海进才中学	刘茂盾　王云帆
上海建平中学	宁冠群
上海敬业中学	兰保民

陈爱平　朱自清
／编注　／原著

著名中学师生推荐书系

寻找灵魂的栖息地
——朱自清散文精读

复旦大学出版社

编 注 者 说

为更好地满足全国中学生朋友的阅读需要,我们约请了北京、陕西、河南、山东、浙江、江西、广东、上海等十多个省市的著名中学师生,推荐他们认为最有阅读价值的读本,并在此基础上构建了一个崭新的书系——"著名中学师生推荐书系"。这套崭新的书系体现了编注者的三大构想:

让中学生朋友们共享同龄人的精神资源。每位中学语文尖子都有自己的个性化阅读,这种个性化阅读在多数情况下应当是有普遍价值的,因为毕竟大家的年龄相当,阅历相似,文化背景相同。他们所以成为语文尖子当然有诸多原因,但他们的个性化阅读一定是一个重要原因。因此,把那些语文尖子的个性化阅读且具有普遍意义的著作,让语文尖子们自己向同龄人推荐,说出自己阅读的意义或方法,应当对绝大多数中学生朋友是有益的。

增加同学们的情感和思想积累。这就先要说到"应试"教育了——无论是现代文阅读,还是古诗词鉴赏,或是文言文理解,作文就更不用说了,没有真情分辨与把握,没有思想综合与揭示,考生最多只能拿到最基础的分数。因此,要想在语文考试中拿到高分,就必须注重情感与思想的积累……其实,一位真正的读书者,是永远把情感与思想历练放在第一位的。这样的读书者不仅可使自己成为有情味的人,有思辨力的人,而且永不会被迷惑,应付各种各样的考试就更不在话下。

倡导一种语文观念。语文学习的重要目的是协调学习者与社会的关系。就中学生而言,如何与同学、朋友交往,与家长交心,与老师交流,与陌生人相待,是一门重要的课业,但今天的教育基本忽略了这一课业。我们在这套丛书的编辑、评点中,也期待在这方面有所作为。应试能力也是一种与社会的协调能力。如果我们能把眼光放远点,我们就能看到,每个人的一生都会遇到无数次的大大小小的应试。一个没有应试能力的人是不能容于社会的。现在的问题是,我们把应试妖魔化了。这不能怪应试本身,而应责怪社会对应试的理解过于偏狭,对中学生应试的操作过于单一。我们衷心期待,阅读这套丛书的同学能获益,哪怕从最基本的应试上获益。

上述三大构想正是我们编注这套崭新的"著名中学师生推荐书系"的理由,但这套书系的编注还有一个重要理由,那就是**关注现代意义上的中国人的建设**。

大家都知道,中国社会进入现代的标志性事件是五四运动。随着"德先生"与"赛先生"的到来,中国人逐步由近代走向现代。在走向现代的进程中,现代文学发挥着巨大的作用。现代散文的创作、流传与阅读,则成为了人们走向现代的最轻便的精神武器。

非常遗憾的是,当下中学生的阅读离现代经典作家的经典之作越来越远了。

这是不是意味着现代中学生不需要这样的阅读?显然不是!事实

是,21世纪的中国人依旧面临着从传统向现代转型的重要问题。从整体上看,今天中国人的民主意识与科学意识依旧相当淡薄,不少人的头脑中甚至还有相当浓厚的传统痼疾。这也构成了中国人现实的生存环境。因此,中学生阅读那些体现强烈时代精神、引领民族走向现代世界的现当代经典散文,就有着非常重要的意义。正是从这一宏大的主题出发,我们期待这套"著名中学师生推荐书系"在参与现代中国人的建设中,起到应有的作用。

鲁迅、胡适、林语堂、丰子恺、朱自清,当看到这一系列现代著名作家的名字时,我们的脑海中即刻浮现出一系列个性极其鲜明的现代中国人形象。鲁迅的沉重、深刻与灵魂拷问,胡适的轻巧、宽容与温情相待,林语堂的性灵、洒脱与幽默,丰子恺的从容、优雅与仁爱,朱自清的恬淡、醇厚与执著,每一位都有着极大的人格魅力,他们的思想与文采,他们的为人与为文,他们无论是作为现代作家,还是作为真正意义上的现代人,都值得21世纪的中国人去解读,并在解读中找到前进的最佳方式。我们更期待读者在这一系列作家作品的阅读中,集众人之"精气神",把自己铸造成为崭新的现代人。

王蒙、贾平凹、余光中、梁衡、夏坚勇、李元洛,当看到这一系列当代作家的名字时,我们的脑海中也即刻浮现出一系列个性极其鲜明的当代中国人形象。他们的作品中表现出来的智慧人生、醇厚人生、诗性人生,都有着极大的感染力。他们作为当代散文创作的大家、名家,其作品都达到了我们这个时代的某种高度,因此值得人们去解读,并在解读中找到前行时必要的凭藉。

3

本书系已出版的著作有:《朝花夕拾——鲁迅散文精读》、《坟——鲁迅杂文精读》、《人生有何意义——胡适散文精读》、《秋天的况味——林语堂散文精读》、《艺术三昧——丰子恺散文精读》、《孤独地走向未来——贾平凹散文精读》、《湮没的辉煌》、《把栏杆拍遍》、《怅望千秋》、《宋词之旅》、《寂寞圣哲》、《古典幽梦》、《夹缝中的历史》。

此次出版的有:《寻找灵魂的栖息地——朱自清散文精读》、《我来过,我爱过——余光中诗文精读》、《遥远的村庄——刘亮程散文精读》、《穿越唐诗宋词》、《人人皆可为国王——梁衡散文精读》。

黄荣华

2008 年 7 月 8 日

目　录

第四单元　智者的见地

师生推荐的 N 个理由

● 朱自清的世界丰富而真实,不仅让人觉得可敬,而且更让人觉得可亲。由于他的存在,我们的精神世界温暖而明亮;由于他的陪伴,我们的精神成长多了一分力量和勇气。

● 推荐他,是因为他与我们一样,也有凡夫俗子的烦恼人生;推荐他,更因为他与许多人不一样,能够超脱烦恼人生、追求至真至善的人生境界。

● 厚德载物,悠远自清。这不仅是朱自清作品的写照,更是他人生的写照。能与这样的人、这样的书打交道,真是人生莫大的幸事啊!

● 从一个年轻挺拔的背影逐渐佝偻,直至头发花白步履蹒跚,朱自清细微的观察和独到的视角,为我们留下了一个刻骨铭心、永恒的“父亲”的背影。

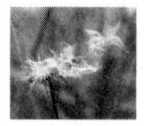

佩弦自清亦清人 上海杨浦高级中学 陈爱平(老师)

朱自清先生似乎不需要推荐。大半个世纪以来,凡是接受国文基础教育的中国人很少没读过《背影》、《荷塘月色》、《匆匆》和《绿》等散文名篇。在中国当代知识分子的精神世界中,朱自清先生也是一座矗立的丰碑,除了他本人令人肃然起敬的人格魅力外,这座丰碑的建构与一位政治伟人相关,此人就是毛泽东。如对鲁迅先生的评说("鲁迅不仅是伟大的文学家,而且是伟大的思想家和伟大的革命家")一样,毛泽东对朱自清先生也给予了很高评价。"一身重病,宁可饿死,不领美国的'救济粮'"的朱自清,和"拍案而起,横眉怒对国民党的手枪,宁可倒下去,不愿屈服"的闻一多,一起被称颂为"我们的民族英雄"。

应该说,作为"民族魂"的鲁迅先生完全承载得起这样的评价,而闻一多、朱自清等现代知识分子身上也的确体现了中华民族传统中最令人感奋的英雄气概。问题在于,当一位政治伟人对他们盖棺定论后,他们丰富而真实的人生、饱满而细腻的情感、复杂而变化的思想都被一个政治色彩浓郁的高度概括评价完全遮蔽了,人们不再关注对他们的多元认知和理解,他们常常成了一个人造的神或一个被政治图解的人物,甚至于连他们的作品往往也只有一个声音去解读。

所幸改革开放三十年的过程中，人们用勇气和智慧小心翼翼地逐渐揭开这个评价的沉重帷幕，力图让神还原为人，让英雄与凡人合一。于是，我们逐渐看到了一个个丰满而真实、不仅可敬而且可亲的现代中国知识分子的形象。由于他们的存在，我们的精神世界温暖而明亮；因为他们的陪伴，我们的精神成长多了一分力量和勇气。更重要的是，他们没有走完的路需要我们接着往前走。为此，我找到了推荐朱自清先生的足够理由。

推荐他，是因为他与我们一样，也有凡夫俗子的烦恼人生。从历史名城扬州走向北京求学，考取北京大学预科的朱自清，那时名朱自华，字求实。这是一个颇有文化底蕴且富有诗意的名字，春华秋实，寄予了人生多么美好的理想。如果人生果真如这般诗意而顺畅，也许今天我们就读不到"朱自清"这个名字。可是，这个叫朱自华的年轻人必须面对父亲职场的失意和失业，他不能对父亲借高利贷供养他和兄弟们读书不闻不问。本来应该读两年北大预科的他提前一年报考北大哲学系，就是想早日结束学业，减轻家庭经济负担，分担父亲的债务。在这次考试中，他改名自清，字佩弦。据朱自清先生的儿子朱乔森说，1917 年，20 岁的朱自清"感于家庭经济情况不好，为了惕励自己不随流俗合污，改名自清。'自清'两字出自《楚辞·卜居》：'宁廉洁正直以自清乎？'意思是廉洁正直使自己保持清白"。另有一说，朱自清感于家庭的困境，决心自清自立，希望不再拖累家里，当有自策自警之意。两种说法不矛盾，前者是朱自清人生的做人原则，似乎后者更接近改名的直接原因。让我们感兴趣的还有为何改字"佩弦"。"佩韦佩弦"的成语典故当不陌生,令人感慨的是年轻的朱自清对自己的严格要求。他自感于"性缓",以"佩弦"警策自己。

我们可以从《匆匆》中,读出一个想有所作为却又不知有何可为的年轻人内心的焦灼、忧虑。这位年轻人的生活负担像内心负担一样沉重。就在考入北京大学预科那一年,18岁的朱自清回乡奉命成婚,之后就陷入多子女的沉重的家庭负担中。他的前妻在撒手人寰的时候给他留下了三男三女六个未成年的孩子;为了负担家庭,刚从北大毕业,就四处奔波,先后辗转执教于多个学校,挣钱养家糊口;为人子、为人夫和为人父的角色扮演,往往使他成为家庭中活得很累的那个人,心中常常"颇不宁静"。身处于一个动荡的时代,波澜壮阔的时代潮流可以激动人心,也可能使人陷入不知往"哪里走"的迷惘中,朱自清成长于这个时代,有得意,也有失落;有欣喜,也有苦痛。当他最终选定淡泊一生,以新时代知识分子独立人格处世的时候,命运注定他将与漂泊、寂寞、清贫乃至穷困相伴,最终贫病交加,年仅50岁而溘然长逝。读懂了这些,我们会理解朱自清先生的《背影》为什么会那样沉重,即使是有着华美语段的《荷塘月色》,在淡淡的喜悦中仍有挥之不去的淡淡的忧愁,更不要说《儿女》的悲喜、《给亡妇》的永诀之痛。

推荐他,是因为他与许多人不一样,能够超脱烦恼人生追求至真至善的人生境界。年轻的朱自清属于诗的世界,他和好友俞平伯、叶圣陶合办了现代文学史上第一本诗刊,自己也尝试着写新诗,他的小诗《灯光》、《独自》等意味蕴藉、清新自然;他的长诗《毁灭》立意高远、情真意切,与其说他在写诗,不如说他在寻觅摆脱烦恼人生的新天地。其实,从诗歌创作起步的他显然最擅长的不是写诗,他的散文创作成就远远高于诗歌创作。就他的一生而言,他更属于散文的境界。这境界可能不够唯美,却至真至善。在散文的世界里,作者用真实的笔、善良的心呈现生活。读朱自清先生的文章,眼前总会浮现一个温和平易的书生形象,不论他是一袭长衫,还是西装革履,不变的是那副圆圆的金丝边眼镜后面真诚、善良的目光。他温和地注视着这个世界,不是说他没有烦恼,没有困苦,没有愤激,但是他能用最诚恳的心态调整自己的人生,他知道要用最踏实的行动解开人生的一道道难题。

他会把个人的生活烦恼上升到整个社会层面理性地面对。在讨论"父母的责任"中解剖自己,鞭策自己努力生活;在段祺瑞政府的大屠杀和国民党政府的暗杀逮捕的恐怖事件中,他敢于用最真实的声音揭露真相,哀悼亡者;他对新时代的青年人热烈称颂,但他同时会实实在在指出青年人的不足,寄希望于他们的不断成长;他欣赏中华传统的气节,但绝不人云亦云,如果让他选择,他更愿意承继"气",而不肯盲目归附"节"……特别要说的是,如同诗与散文的比较中他更属于散文一样,如果一定要拿所谓文学成就和他的学术研究来比较,可能他自己会更倾向于后者。在短暂的中学教师生涯之后,朱自清的主要职业是大学教师,在古典文学教学和研究领域建树颇丰,他的古典文学研究成果至今仍是学术领域的一块高地,而他又不囿于学术研究的象牙塔,更乐意把研究成果转变为文化普及读物,为古代经典文化的传承做了十分有益的工作。读一读他的《经典常谈》等著作,你就会发现使人受益的不仅是丰富的文化常识,更有对待文化的虔诚心态和研究文化的严谨精神。还有,他对现代汉语、白话文的规范、发展和完善起了很大的推动作用,有意识地为中学生写了大量读物,在现代国文教育的发展上功不可没。可以说,教师与学者更接近朱自清的本色。有了这样的底色,朱自清先生才有了安放自己灵魂的精神庇护所,他在默默耕耘中真正享受超脱于烦恼人生之外的人生境界。至真至善者无形,他就是在真实的生活中不断完成他觉得应该完成的事情。这一面,往往为人所忽略。

推荐他,是因为在今天,我们迫切需要真正的知识分子精神的引领。今天,当我们炮轰"有知识没文化"的读书人时,知识分子已经成为一般读过书的人的代名词,无任何精神可言,不过就是可以谋生的一个条件而已。回溯朱自清先生生活的时代,尽管时局动荡,内忧外患,偌大中国安放不下一张书桌,但是,一批从旧时代走出的读书人,用勇敢开放的心态迎接西方文明,在吸纳、反思和批判中,成为新文化运动的先驱,同时也成就了自身从旧时代"士"向新时代知识分子的蜕变。朱自清先生身处这种变化的中心,却难能可贵地保持着一份清醒:"五四运动划出了一个新时代。自由主义建筑在自由职业和社会分工的基础上。教员是自由职业者,不是官,也不是候补的官。学生也可以选择多元的职业,不是只有做官一路。他们于是从统治阶级独立,不再是'士'或所谓'读书人',而变成了'知识分子',集体的就是'知识阶级'。"(《论气节》)多少年以来以"学而优则仕"为读书人正途的观念在"五四"以后知识分子独立的生活道路和自由的人生追求的选择下开始瓦解。"独立之精神,自由之思想"是"五四"时代许多优秀的知识分子独特的精神写照。

朱自清先生是温良的,但是这不意味着他没有原则、没有立场。从《执政府大屠杀记》压抑着惊恐和悲愤的叙述,到《中国学术界的大损失——悼闻一多先生》掩饰不住的沉重与疲惫,腥风血雨中朱自清先生从没有放弃在强权面前知识分子抗争的态度和行动;《白种人——上帝的骄子》中受歧视民族的自尊灼烤他的神经,《论父母》中衰落时代的忧患噬啮他的心灵;即使在桨声灯影下的秦淮河上、在温州的踪迹里、在漫游欧洲各国的旅途中,他从来也没有放下对弱者的哀怜、对底层群体的关切、对故国家园深切的怀念。

朱自清先生是淡泊的,但这不意味着他不食人间烟火、不积极有所为。他从没有把文学创作当作曲高和寡的阳春白雪,他的所有文字不过是书写一个普通人的平常情怀罢了。为此,他很少把精力放在文章技巧的雕琢上。读他的作品,有时你感到是一位朋友的促膝谈心,有时你感到是一位长者的娓娓道来,有时简直就是一位亲人的絮絮叨叨,他的作品就是你的生活。他不说假大空的套话,只有实实在在的感受、真真切切的体会。他深深知道,知识分子的铁肩担道义,凭借的是手中的笔,更要靠有力的行动。他不是强者,但始终坚守人生的信念。北平沦陷后,好友在沦陷区杂志上发表文章,他多次去信劝阻;李公朴、闻一多先后被国民党特务暗杀,他写诗歌颂闻一多,预言在火的遗烬里必然"爆出个新中国",他还冒危险参加了李、闻追悼会;闻一多惨死后,哀悼之余,抱病担当编辑闻一多文集的重任;他又冒"坐牢"的危险反对国民党反动派任意逮捕人民,在十三教授宣言上签了名,此时,他生活清苦,一身重病,但仍在《抗议美国扶日政策并拒绝领取美援面粉宣言》上签了名。临终前嘱咐家属:"有件事要记住:

我是在拒绝美援面粉的文件上签过名的,我们家以后不买国民党配给的美国面粉。"在临终前最困难时期,他集得古人"但得夕阳无限好,何须惆怅近黄昏"的对联勉励自己。佩弦自清,他不断鞭策自己,积极行动,保持高洁,用一生求证当初改名字的人生命题。

朱自清不仅属于他的时代,更属于现在,还将属于未来。阅读朱自清,不仅读他的文字,更要读他的精神。我们要追寻以他为代表的现代知识分子的精神特质。他们一方面靠自己的脑力劳动解决生存的基本问题,一方面把人类文化传承与创造作为己任;他们一方面对身处的社会采取政治疏离、批判质疑的态度,一方面具有强烈的社会责任感。朱自清就是其中最有代表性的一位。他的创作和学术都体现了一位现代知识分子的良知与使命。朱自清先生过世已经半个世纪有余,社会现代化的程度在一定意义上已经和他生活的时代恍如隔世,但是,审视今天知识分子的精神世界,我们会悲哀地发现,知识分子特质在当代知识分子身上渐渐淡漠、稀释乃至挥发,而这个时代又是多么迫切需要知识分子群体的力量和作用。这个群体需要有人引领,我们呼唤这个时代能够产生引领者,我们更明白这样的引领者需要真正的知识分子精神的滋养。回溯过去,从传统到现代,都不乏这样的滋养。特别是现代,以鲁迅为代表的现代知识分子的精神之光,完全可以照亮并温暖当代知识分子艰难求索的精神成长之路。

在这个意义上解读朱自清,你会发现,在一个需要有人挺身而立的时代,这个以"佩弦"自诫的知识分子用自己的人生实践了"自清"于世的诺言,他的不朽的身影亦使后人感奋追随,佩弦自清亦清人。

厚德载物，悠远自清

杨浦高级中学　盛斐妮（学生）

经历了一代代人的朗朗诵读，朱自清的许多文章已成了经典。散文的自然脱俗、议论的精辟见解、学术的极高造诣，甚至还有文字本身对于白话文创世纪的意义，都得到世人公认。如果要我选一个最能代表他气质的词语，我会选"厚德载物"。

认识朱自清始于一篇散文，一篇被"荷塘"与"月光"浸溶得柔软万分的散文。"曲曲折折的荷塘上面，弥望的是田田的叶子。叶子出水很高，像亭亭的舞女的裙。层层的叶子中间，零星地点缀着些白花，有袅娜地开着的，有羞涩地打着朵儿的；正如一粒粒的明珠，又如碧天里的星星，又如刚出浴的美人。"每次阅读他的文字，那悠悠的音韵就像一阵清风徐徐吹来，人完全沉醉在清雅的意境中。而这种清雅没有浮华、没有藻饰，有的只是自然。那文字是灵动的，仿佛那一片片叶就那么赫然眼前，它们恣肆得很，散着、开着、摆动着。

寻找灵魂的栖息地

中国有句话说:"万物由心生。"能看到这般纯粹的人,怀揣着的,一定是颗脱俗的心。尊重自然便是"德"。不读他的散文,你体会不到自然竟然有这般慑人的力量。

　　凡是知道"朱自清一身重病,宁可饿死,不领美国救济粮"的人,定会认为他是那种有着坚硬背脊的知识分子。在朱自清的精神世界中,的确有那傲然挺立的一面。然而在家人面前,在亲人的情感世界中他却是脆弱的,眼泪中交织着感激、热爱、理解和自责。看着父亲的背影时,他落泪。当那种含蓄深沉的父爱充斥到了你周身的每一条血管,又一时间全部涌向你心头的时候,才是真正的感伤处。他自嘲那时的自己太聪明,还嫌父亲说话不漂亮;读了有岛武郎的《与幼小者》,他流泪。因为他总是记着对孩子的体罚和呵责,耿耿于无法将孩子们聚在一起;对于亡妻,他的笔尖也饱蘸着泪,他感激妻子没日没夜地照顾孩子,感激她逃亡时还带着自己的一箱箱书,妻子作为传统女性的善解人意与坚韧更使他陷入深深自责。他总是细数家人的小事,却件件感人至深,他诉说的事是平凡的,平凡到甚至不止一次地在我们身边出现,但经由了他的笔,都显得至真,至情,毫不矫饰。他珍视生命中的一切情感,包括自省。曾子说过:"吾日三省吾身。"我们的生活实在是太过匆匆了,宁可把注意力集中在明天,至于今天的愧疚、感动、受人帮助都草草收场。与其说是时间阻碍了我们，不如说是我们的意愿，我们的心不够沉静。自省是面对明天的上上策，它使我们对爱不再漠然，这，才是我们生活下去的原动力。也唯有爱，作品才能隽永。可以毫不夸张地说：真情便是"德"。

他的议论文给我的是彻头彻尾的另一番感觉。如果说，理分为真理和人情事理两种的话，他就是那个把人情事理升华到真理的人。在他的《论诚意》中，他写过这样几句话："诚伪是品性，却又是态度"、"品性的表现出于自然，是整个儿的为人。说一个人是诚实的君子或诈伪的小人，是就他的行迹总算账"、"这些人对人对事有时候自觉的加减他们的诚意，去适应那局势。这就是态度。态度不一定反映出品性来"。是不是很佩服他的真知灼见？就是这样的几句话便明明白白地告诉了你，无须举例了，最好的例子不就是我们自己吗？最好的例子不就是生活吗？《世说新语》中评价人时常用"才性"一词，朱自清身上体现了这种见识和德行的完美结合。

其实，对古典文学的研究与讲授才是朱自清的主业。他曾在清华大学任教，可丝毫没沾染到教授的高深莫测的习气。他的学术是严谨的，也是通俗的，他把高达顶尖的宝贝拱手捧下让世人观瞻。著作《经典常谈》中有篇《诸子第十》，他评论墨家的时候是这么说的："《墨子》里只讲守的器械和方法，攻的方面，特意不讲。这是他们的'非攻'主义。他们说天下大害，在于人的互争；天下人都该视人如己，互相帮助，不但利他，而且利己。这是'兼爱'主义。墨家更注重功利，凡与国家人民有利的事物，才认为有价值。国家人民，利在富庶，凡能使人民富庶的事物是有用的，别的都是无益或有害的。他们是平民的代言人，所以反对贵族的周代的制度。"对墨家的理解基于平民生活的朴素感受，墨家在朱自清的笔下复活在民众的心里。有了时代的活水，学术一瞬间鲜活起来了。《经典常谈》也成了今人走近经典的经典。

厚德载物，悠远自清。这不仅是他作品的写照，更是他人生的写照。能和这样的人、这样的书打交道，真是人生莫大幸事啊！

人如远山，文若清水

杨浦高级中学　钱　琛（学生）

对我们这一代人而言，说到自己熟悉的作家，从嘴边蹦出的往往是韩寒、郭敬明、张悦然等 80 后作家，如果一定要历数经典作家，常常要踌躇再三，一时竟不知说谁好。不是知道得太多，而是知者甚少，能真正认可的就更少。时尚文化潮流的强劲颇有不可阻挡之势，而传统经典文化的教育大有后劲不足之感。在这种背景下，来谈朱自清先生，如若不是强烈的兴趣，很难抵挡世俗文化对这位现代文化名人的消解。

朱自清先生像极了那一抹远山，一泓清水，想见得出却又极难用语言描绘，难以言喻，一经提点却又是恍然大悟，如醍醐灌顶。这就是朱自清的魅力，平淡得让你忽视，但俯首静思，他却确确实实驻在你心头，颇有点"蓦然回首，那人却在灯火阑珊处"的感觉。

初识朱自清，似乎是在初中的语文课本中，那篇十分著

寻找灵魂的栖息地

名的《春》。初读时人还小，只是傻傻地认为作家好厉害，竟然可以把雨比喻成那么多东西，又是牛毛，又是细针。再大点儿，被其深深吸引，一种名为"朱自清的感觉"在阅读过程中悄然而至："可别恼，看，像牛毛，像花针，像细丝，密密地斜织着，人家屋顶上全笼着一层薄烟。"他的文何尝不是那春雨，轻轻的，淡淡的，温润着苦涩的心。同一句话，时隔数年读起来滋味却浑然不同，不是"清明时节雨纷纷"，也不似"黄梅时节家家雨"，也不类夜雨打芭蕉，这是一种只属于江南的雨，细而不密，吹得人心痒痒，这是真正的"沾衣欲湿杏花雨，吹面不寒杨柳风"。曾以为不再有文字能盖过唐诗——那是一种极致的风华，而我却找到了，不是唐诗，胜似唐诗。

再遇朱自清，是那篇感人至深的《背影》。"我看见他戴着黑布小帽，穿着黑布大马褂，深青布棉袍，蹒跚地走到铁道边，慢慢探身下去，尚不大难。可是他穿过铁道，要爬上那边月台，就不容易了。他用两手攀着上面，两脚再向上缩；他肥胖的身子向左微倾，显出努力的样子。"那个蹒跚的背影似乎已成所有人心目中的永恒，朱自清再一次以他独特的朴素震撼了我的心灵，一件黑布大马褂，一个离去的背影，一位父亲，曾几何时，是否也有这么一个背影存在于你的脑海之中呢？从一个年轻挺拔的背影逐渐佝偻,直至一个头发花白步履蹒跚的背影,背影是个时间流逝的过程,亦是一个我们成长的过程。朱自清用他细微的观察、独到的视角为我们圆了这一分柔情,让我们铭记了这刻骨的背影。

让我驻足留连的是那篇《荷塘月色》。我知道朴素的朱自清有华美的气质,在《春》、《绿》等篇什中已然目睹,但没有想到会如此之美,美得没有疆界。"曲曲折折的荷塘上面,弥望的是田田的叶子。叶子出水很高,像亭亭的舞女的裙。层层的叶子中间,零星地点缀着些白花,有袅娜地开着的,有羞涩地打着朵儿的;正如一粒粒的明珠,又如碧天里的星星,又如刚出浴的美人。"如此宁静的美让人仿佛身临其境于"接天莲叶无穷碧"的曲院风荷中,少却了壮观,多了一分如月般的柔媚,好一个出水芙蓉！突然,微风吹过,"微风过处,送来缕缕清香,仿佛远处高楼上渺茫的歌声似的。这时候叶子与花也有一丝的颤动,像闪电般,霎时传过荷塘的那边去了。叶子本是肩并肩密密地挨着,这便宛然有了一道凝碧的波痕。叶子底下是脉脉的流水,遮住了,不能见一些颜色;而叶子却更见风致了"。沉静的景色一扫而过,更添一分灵动与别致,鼻息间满是扑面而来的莲子清香。对于《荷塘月色》,我几乎无法用任何语言去评价它,唯有静静地读,静静地想,合上书本,闭上眼睛,让心灵徜徉在一片荷塘月色中。

人说王维是"诗中有画,画中有诗",我道朱自清亦然,文如诗,诗如画,画中人自清。

第一单元／你我的背影

熟悉朱自清先生，很多人从阅读《背影》开始。先生父亲的"背影"温暖了几代读者的心，那是一个充满温情的不朽的背影。因为先生的文字定格在读者的心中，更因为有许多像先生一样深情的人而凝聚为中华民族的"背影情结"。其实，在朱自清先生素朴的情怀中，还有无数个亲朋好友的"背影"，那也许是贤淑温婉的前妻无奈离开人世的背影，也许是师长好友人世奔波步履匆匆的背影，也许是给他带去几多欢喜几多愁的儿女渐行渐远的背影……《你我》《背影》等散文集中的诸多人物在朱自清先生的情感世界中构筑一道坚固的堤坝，它为先生遮风挡雨，也鼓舞着先生为生活不懈奋斗。

《背影》的感人力量在于道出了许多人共有的生活体验。

寻找灵魂的栖息地

我与父亲不相见已二年余了,我最不能忘记的是他的背影。(编者注:背影是平常的,平常得使我们常常忽略它的存在;它又是珍贵的,珍贵得使我们想起它就热泪盈眶。本文就在平常得似乎在唠家常的叙述中展开。入题干脆简练,用"最不能忘记"表达父亲"背影"在自己心头烙下的深深印迹。)那年冬天,祖母死了,父亲的差使也交卸了,正是祸不单行的日子,我从北京到徐州,打算跟着父亲奔丧回家。到徐州见着父亲,看见满院狼藉的东西,又想起祖母,不禁簌簌地流下眼泪。父亲说,"事已如此,不必难过,好在天无绝人之路!"(编者注:"父亲"走向读者的第一个特写,颇具直面困难的长者气度。面对惨淡的家庭光景,父亲用最平常也是最有力的语言安慰脆弱的儿子。父与子情感相通,但在面对世事的态度上却很不一样。)

回家变卖典质,父亲还了亏空;又借钱办了丧事。这些日子,家中光景很是惨淡,一半为了丧事,一半为了父亲赋闲。丧事完毕,父亲要到南京谋事,我也要回北京念书,我们便同行。

到南京时,有朋友约去游逛,勾留了一日;第二日上午便须渡江到浦口,下午上车北去。父亲因为事忙,本已说定不送我,叫旅馆里一个熟识的茶房陪我同去。<u>他再三嘱咐茶房,甚是仔细。但他终于不放心,怕茶房不妥帖,颇踌躇了一会。</u>(编者注:"再三嘱咐"、"甚是仔细"、"终于不放心"、"颇踌躇"等动作和神情,作者不惜笔墨地重写,之后轻轻交代"年已二十"、"北京已来往过两三次",父亲这样的不放心似乎没有道理。但是,从上文家境的交代中,从面对惨淡家境作者的反应中,可以感受到父亲可能是担心儿子难以承受家境的衰微,他也要用最体贴的父爱为已经成年的儿子做一个坚强的榜样。)其实我那年已二十岁,北京已来往过两三次,是没有甚么要紧的了。他踌躇了一会,终于决定还是自己送我去。我两三回劝他不必去;他只说,"不要紧,他们去不好!"

我们过了江,进了车站。我买票,他忙着照看行李。行李太多了,得向脚夫行些小费,才可过去。他便又忙着和他们讲价钱。<u>我那时真是聪明过分,总觉他说话不大漂亮,非自己插嘴不可。</u>但他终于讲定了价钱;就送我上车。他给我拣定了靠车门的一张椅子;我将他给我做的紫毛大衣铺好座位。他

3

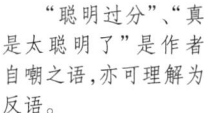

"聪明过分"、"真是太聪明了"是作者自嘲之语,亦可理解为反语。

嘱我路上小心，夜里警醒些，不要受凉。又嘱托茶房好好照应我。我心里暗笑他的迂；他们只认得钱，托他们直是白托！而且我这样大年纪的人，难道还不能料理自己么？唉，我现在想想，那时真是太聪明了！（编者注：读朱自清先生的散文，常常会被他真诚的追悔、自责打动。在真诚的回忆中不断苛责自己的过失，真不知他的情感之舟是否能承载这一切。有大爱的人，往往有着大痛苦。）

　　我说道，"爸爸，你走吧。"他望车外看了看，说，"我买几个橘子去。你就在此地，不要走动。"我看那边月台的栅栏外有几个卖东西的等着顾客。走到那边月台，须穿过铁道，须跳下去又爬上去。父亲是一个胖子，走过去自然要费事些。我本来要去的，他不肯，只好让他去。我看见他戴着黑布小帽，穿着黑布大马褂，深青布棉袍，蹒跚地走到铁道边，慢慢探身下去，尚不大难。可是他穿过铁道，要爬上那边月台，就不容易了。他用两手攀着上面，两脚再向上缩；他肥胖的身子向左微倾，显出努力的样子。（编者注：这是《背影》最经典的描写，这是父亲"背影"最感人的描绘。它的经典来自用字的准确精当，特别是许多动词和修饰语的运用；它的感人缘于纪录片似的纪实，简直就是作者在脑海

寻找灵魂的栖息地

作者用最平实的白描和叙述，再现了一个永恒的"背影"。

中不断回放的特写慢镜头。)这时我看见他的背影，我的泪很快地流下来了。我赶紧拭干了泪，怕他看见，也怕别人看见。我再向外看时，他已抱了朱红的橘子往回走了。<u>过铁道时，他先将橘子散放在地上，自己慢慢爬下，再抱起橘子走。</u>到这边时，我赶紧去搀他。他和我走到车上，将橘子一股脑儿放在我的皮大衣上。于是扑扑衣上的泥土，心里很轻松似的，过一会说，"我走了；到那边来信!"我望着他走出去。他走了几步，回过头看见我，说，"进去吧，<u>里边没人。"等他的背影混入来来往往的人里，再找不着了，我便进来坐下，我的眼泪又来了。</u>

　　近几年来，父亲和我都是东奔西走，家中光景是一日不如一日。他少年出外谋生，独力支持，做了许多大事。哪知老境却如此颓唐!他触目伤怀，自然情不能自已。情郁于中，自然要发之于外；家庭琐屑便往往触他之怒。他待我渐渐不同往日。但最近两年的不见，他终于忘却我的不好，只是惦记着我，惦记着我的儿子。(编者注:真正读懂《背影》，一定要有生活的长期磨难，最好能为人之父母。这是"几年来"、"东奔西走"，品尝了生活艰辛，已经为人父的作者对父亲的理解与体谅，父与子在这个阶段才有了真正的理解和沟通。此时父

这一段文字是需要读者用自己的人生阅历解读的。

寻找灵魂的栖息地

5

亲的"背影"更增加了一重动人的力量，因为在父亲的背影中凝结了作者对生活况味的深切体验。)

我北来后，他写了一信给我，信中说道，"我身体平安，惟膀子疼痛厉害，举箸提笔，诸多不便，大约大去之期不远矣。"我读到此处，在晶莹的泪光中，又看见那肥胖的，青布棉袍，黑布马褂的背影。（编者注：泪光中摇曳着父亲的背影，定格在所有深有同感的读者心中。这个"背影"不仅仅属于朱自清，而且属于你，属于我，属于他。只要有亲情的光辉，就一定辉映着爱的背影。)唉！我不知何时再能与他相见！

1925 年 10 月在北京

——儿女

我现在已是五个儿女的父亲了。想起圣陶喜欢用的"蜗牛背了壳"的比喻，便觉得不自在。新近一位亲戚嘲笑我说，"要剥层皮呢！"更有些悚然了。十年前刚结婚的时候，在胡适之先生的《藏晖室札记》里，(编者注：《藏晖室札记》又名《胡适留学日记》，胡适觉得这个书名不好，是迁就旧习惯的举动，1947年由商务重新出版，题为《胡适留学日记》。)见过一条，说世界上有许多伟大的人物是不结婚的；文中并引培根的话，"有妻子者，其命定矣。"当时确吃了一惊，仿佛梦醒一般；但是家里已是不由分说给娶了媳妇，又有甚么可说？ 现在是一个媳妇，跟着来了五个孩子；两个肩头上，加上这么重一副担子，真不知怎样走才好。"命定"是不用说了；从孩子们那一面说，他们该怎样长大，也正是可以忧虑的事。我是个彻头彻尾自私的人，做丈夫已是勉强，做父亲更是不成。自然，"子孙崇拜"，"儿童本位"(编者注："子孙崇拜"对应的是"长者崇拜"，"儿童本位"对应的是"成人本位"。"长者崇拜"和"成人本位"是中国家庭教育的主要

看完《背影》，再来读读《儿女》，朱自清先生在生活中多重角色的复杂感受一定会令我们深思不已。

寻找灵魂的栖息地

7

立场。)的哲理或伦理,我也有些知道;既做着父亲,闭了眼抹杀孩子们的权利,知道是不行的。可惜这只是理论,实际上我是仍旧按照古老的传统,在野蛮地对付着,和普通的父亲一样。近来差不多是中年的人了,才渐渐觉得自己的残酷;想着孩子们受过的体罚和叱责,始终不能辩解——像抚摩着旧创痕那样,我的心酸溜溜的。有一回,读了有岛武郎《与幼小者》的译文,对了那种伟大的、诚挚的态度,我竟流下泪来了。去年父亲来信,问起阿九,那时阿九还在白马湖呢;信上说,"我没有耽误你,你也不要耽误他才好。"我为这句话哭了一场;我为什么不像父亲的仁慈? 我不该忘记,父亲怎样待我们来着!(编者注:"父亲怎样待我们来着"一语,唤起我们对《背影》的回忆。1925 年写作的《背影》,是子女对父爱的深情回忆,三年后的《儿女》是父亲对儿女难以言说的复杂情感。)人性许真是二元的,我是这样地矛盾;我的心像钟摆似的来去。

《幸福的家庭》选自鲁迅先生小说集《彷徨》。

你读过鲁迅先生的《幸福的家庭》吗? 我的便是那一类的"幸福的家庭"!(编者注:此处的"幸福"有反面与正面不同的况味,先是极言反面之"幸福",与后文正面感受幸福形成对比,更为一位父亲的忏悔与成长蓄势铺垫。)每天午饭和晚饭,就如两次潮水一般。先是孩子们你来他去地在厨房与饭间里查看，一面催我或妻发"开饭"的命令。急促繁碎的脚步，夹着笑和嚷，一阵阵袭来，直到命令发出为止。他们一递一个地跑着喊着，将命令传给厨房里佣人；便立刻抢着回来搬凳子。于是这个说，"我坐这儿！"那个说，"大哥不让我！"大哥却说，"小妹打我！"我给他们调解，说好话。但是他们有时候很固执，我有时候也不耐烦，这便用着叱责了；叱责还不行，不由自主地，我的沉重的手掌便到他们身上了。于是哭的哭，坐的坐，局面才算定了。接着可又你要大碗，他要小碗，你说红筷子好，他说黑筷子好；这个要干饭，那个要稀饭，要茶要汤，要鱼要肉，要豆腐，要萝卜；你说他菜多，他说你菜好。（编者注：细致的场面中饱含了作者矛盾复杂的心情，幸福并烦恼着，这就是做父母的真切感受。）妻是照例安慰着他们，但这显然是太迁缓了。我是个暴躁的人，怎么等得及？不用说，用老法子将他们立刻征服了；虽然有哭的，不久也就抹着泪捧起碗了。（编者注：作者自曝粗暴，个中滋味，难以言说。孩子究竟是弱者，在单纯的孩子面前，所有的父母都要有爱的悲悯。）吃完了，纷纷爬下凳子桌上是饭粒呀，汤汁呀，骨头呀，渣滓呀，加上纵

动作、语言、神情和心理描写自然贴切，没有对孩子的深切关注，难以如此生动。

9

横的筷子，欹斜的匙子，就如一块花花绿绿的地图模型。吃饭而外，他们的大事便是游戏。游戏时，大的有大主意，小的有小主意，各自坚持不下，于是争执起来；或者大的欺负了小的，或者小的竟欺负了大的，被欺负的哭着嚷着，到我或妻的面前诉苦；我大抵仍旧要用老法子来判断的，但不理的时候也有。最为难的，是争夺玩具的时候：这一个的与那一个的是同样的东西，却偏要那一个的；而那一个便偏不答应。在这种情形之下，不论如何，终于是非哭了不可的。这些事件自然不至于天天全有，但大致总有好些起。我若坐在家里看书或写什么东西，管保一点钟里要分几回心，或站起来一两次的。若是雨天或礼拜日，孩子们在家的多，那么，摊开书竟看不下一行，提起笔也写不出一个字的事，也有过的。我常和妻说，"我们家真是成日的千军万马呀！"有时是不但"成日"，连夜里也有兵马在行进着，在有吃乳或生病的孩子的时候！

我结婚那一年，才十九岁。二十一岁，有了阿九；二十三岁，又有了阿菜。那时我正像一匹野马，哪能容忍这些累赘的鞍鞯，辔头，和缰绳？摆脱也知是不行的，但不自觉地时时在摆脱着。现在回想起来，那些日子，真苦了这两个孩子；真是难以宽宥

作者越是用不耐烦的心情写孩子的"麻烦"，越凸现孩童世界的趣味。

父母与孩子一起成长，学习怎样做父母，也是人生重要的内容。朱自清先生就是在不断反思中学做父亲的。

10

的种种暴行呢！阿九才两岁半的样子,我们住在杭州的学校里。不知怎的,这孩子特别爱哭,又特别怕生人。一不见了母亲,或来了客,就哇哇地哭起来了。学校里住着许多人,我不能让他扰着他们,而客人也总是常有的;我懊恼极了,有一回,特地骗出了妻,关了门,将他按在地下打了一顿。这件事,妻到现在说起来,还觉得有些不忍;她说我的手太辣了,到底还是两岁半的孩子! <u>我近年常想着那时的光景,也觉黯然</u>。（编者注：父亲的追悔特别让人动容。"黯然"的父亲一定是一位情感丰富的人,"多情未必不丈夫"。）阿菜在台州,那是更小了;才过了周岁,还不大会走路。也是为了缠着母亲的缘故吧,我将她紧紧地按在墙角里,直哭喊了三四分钟;因此生了好几天病。妻说,那时真寒心呢！但我的苦痛也是真的。我曾给圣陶写信,说孩子们的折磨,实在无法奈何;有时竟觉着还是自杀的好。这虽是气愤的话,但这样的心情,确也有过的。后来孩子是多起来了,磨折也磨折得久了,少年的锋棱渐渐地钝起来了;加以增长的年岁增长了理性的裁制力,我能够忍耐了——觉得从前真是一个"不成材的父亲",如我给另一个朋友信里所说。但我的孩子们在幼小时,确比别人的特别不安静,

我至今还觉如此。我想这大约还是由于我们抚育不得法；从前只一味地责备孩子，让他们代我们负起责任，却未免是可耻的残酷了！（编者注：反思，以至于自责，这是朱自清先生父亲意识的"自觉"。生活中许多人开始不会做父母是正常的，但不去学习、反思怎样做父母就很不应该了。父母是孩子的第一任教师，一个社会人口素质的高低往往取决于家庭教育的好坏。在这个意义上，这篇文章的价值非常大。）

　　正面意义的"幸福"，其实也未尝没有。正如谁所说，小的总是可爱，孩子们的小模样，小心眼儿，确有些教人舍不得的。阿毛现在五个月了，你用手指去拨弄她的下巴，或向她做趣脸，她便会张开没牙的嘴格格地笑，笑得像一朵正开的花。她不愿在屋里待着；待久了，便大声儿嚷。妻常说，"姑娘又要出去溜达了。"她说她像鸟儿般，每天总得到外面溜一些时候。闰儿上个月刚过了三岁，笨得很，话还没有学好呢。他只能说三四个字的短语或句子，文法错误，发音模糊，又得费气力说出；我们老是要笑他的。他说"好"字，总变成"小"字；问他"好不好？"他便说"小"，或"不小"。我们常常逗着他说这个字玩儿；他似乎有些觉得，近来偶然也能

作者行文的清晰完整，往往通过这样的过渡语句体现。

如果说青春是人生最灿烂的花朵，那么童年就是人生一泓最纯净的清水。它不含一点杂质，用最自然、最开放的生命状态展示给世人。

12

说出正确的"好"字了——特别在我们故意说成"小"字的时候。他有一只搪瓷碗，是一毛来钱买的；买来时，老妈子教给他，"这是一毛钱。"他便记住"一毛"两个字，管那只碗叫"一毛"，有时竟省称为"毛"。这在新来的老妈子，是必须翻译了才懂的。他不好意思或见着生客时，便咧着嘴痴笑；我们常用了土话，叫他做"呆瓜"。他是个小胖子，短短的腿，走起路来，蹒跚可笑；若快走或跑，便更"好看"了。他有时学我，将两手叠在背后，一摇一摆的；那是他自己和我们都要乐的。他的大姊便是阿菜，已是七岁多了，在小学校里念着书。在饭桌上，一定得啰啰唆唆地报告些同学或他们父母的事情；气喘喘地说着，不管你爱听不爱听。（编者注：应该说，朱自清先生也是一位感情细腻的父亲，孩子不经意的言行都被他那温柔敏感的心网罗并定格为"幸福"的记忆了。）说完了总问我："爸爸认识吗？"、"爸爸知道么？"妻常禁止她吃饭时说话，所以她总是问我。<u>她的问题真多：看电影便问电影里的是不是人？是不是真人？怎么不说话？看照相也是一样。不知谁告诉她，兵是要打人的。她回来便问，兵是人吗？为什么打人？近来大约听了先生的话，回来又问张作霖的兵是帮谁的？蒋介石的兵</u>

13

作者用极度欣赏的口吻写爱提问题的阿菜。

阿九的喜欢读书多少与父亲的影响有关。

是不是帮我们的?(编者注:儿童的世界是问题的世界,儿童成长的过程是问题不断解决的过程。可惜的是,还有一层意思。成人世界忽略了,成长起来的儿童也渐渐丧失了,那就是,人生应该是不断提出问题和解决问题的过程。可是,在成人世界,提出问题变成了一个很难的问题。)诸如此类的问题,每天短不了,常常闹得我不知怎样答才行。她和闰儿在一处玩儿,一大一小,不很合式,老是吵着哭着。但合式的时候也有:譬如这个往床底下躲,那个便钻进去追着;这个钻出来,那个也跟着——从这个床到那个床,只听见笑着,嚷着,喘着,真如妻所说,像小狗似的。现在在京的,便只有这三个孩子;阿九和转儿是去年北来时,让母亲暂时带回扬州去了。阿九是欢喜书的孩子。他爱看《水浒》、《西游记》、《三侠五义》、《小朋友》等;没有事便捧着书坐着或躺着看。只不欢喜《红楼梦》,说是没有味儿。是的,《红楼梦》的味儿,一个十岁的孩子,哪里能领略呢?(编者注:朱自清先生对待子女读书的态度非常可贵,他欣赏孩子读书,不轻易干涉孩子读书内容,能够从儿童心理理解并尊重孩子的读书感受和喜好,更加不容易!)去年我们事实上只能带两个孩子来;因为他大些,而转儿是一直

跟着祖母的,便在上海将他俩丢下。我清清楚楚记得那别的一个早上。我领着阿九从二洋泾桥的旅馆出来,送他到母亲和转儿住着的亲戚家去。妻嘱咐说,"买点吃的给他们吧。"我们走过四马路,到一家茶食铺里。阿九说要熏鱼,我给买了;又买了饼干,是给转儿的。便乘电车到海宁路。<u>下车时,看着他的害怕与累赘,很觉恻然。到亲戚家,因为就要回旅馆收拾上船,只说了一两句话便出来;转儿望望我,没说什么,阿九是和祖母说什么去了。我回头看了他们一眼,硬着头皮走了。</u>(编者注:"恻然"者,同情、悲悯也。这是父亲对儿女的担心和不舍。"硬着头皮"又是一种怎样的悲怆,读者可以充分想象。这场"生离"在幼小儿女的心头会有什么影响,不免使人想到朱自清先生的《背影》。人生的"背影"况味几许!)后来妻告诉我,阿九背地里向她说:"我知道爸爸欢喜小妹,不带我上北京去。"其实这是冤枉的。他又曾和我们说:"暑假时一定来接我啊!"我们当时答应着;但现在已是第二个暑假了,他们还在迢迢的扬州待着。<u>他们是恨着我们呢? 还是惦着我们呢? 妻是一年来老放不下这两个,常常独自暗中流泪;但我有什么法子呢!</u>想到"只为家贫成聚散"一句无名的诗,不禁有些

15

"凄然"的内心感受在一个父亲的心中一定很沉重。

凄然。转儿与我较生疏些。但去年离开白马湖时，她也曾用了生硬的扬州话（那时她还没有到过扬州呢），和那特别尖的小嗓子向着我："我要到北京去。"她晓得什么北京，只跟着大孩子们说罢了；但当时听着，现在想着的我，却真是抱歉呢。这兄妹俩离开我，原是常事，离开母亲，虽也有过一回，这回可是太长了；小小的心儿，知道是怎样忍耐那寂寞来着！

我的朋友大概都是爱孩子的。少谷有一回写信责备我，说儿女的吵闹，也是很有趣的，何至可厌到如我所说；他说他真不解。<u>子恺为他家华瞻写的文章，真是"蔼然仁者之言"。</u>圣陶也常常为孩子操心：小学毕业了，到什么中学好呢？——这样的话，他和我说过两三回了。我对他们只有惭愧！<u>可是近来我也渐渐觉着自己的责任。</u>我想，第一该将孩子们团聚起来，其次便该给他们些力量。我亲眼见过一个爱儿女的人，因为不曾好好地教育他们，便将他们荒废了。他并不是溺爱，只是没有耐心去料理他们，他们便不能成材了。我想我若照现在这样下去，孩子们也便危险了。我得计划着，让他们渐渐知道怎样去做人才行。但是要不要他们像我自己呢？这一层，我在白马湖教初中学生时，也曾

在与朋友的比照中，作者更加自责。

的确，父母是与孩子一起成长的。

从师生的立场上问过丏尊,他毫不踌躇地说,"自然啰。"(编者注:进入父亲角色的朱自清先生对子女教育开始认真思考,关键是做人的教育,而这是需要一个"渐渐"养育过程的。更加可贵的是,他始终没有忘记教师的职业身份,立刻联想到教师对学生的影响,学生会越来越像自己的教师,是不很有意思的现象? 你同意这种观点吗?)近来与平伯谈起教子,他却答得妙:"总不希望比自己坏啰。"是的,只要不"比自己坏"就行,"像""不像"倒是不在乎的。职业、人生观等,还是由他们自己去定的好;自己顶可贵,只要指导,帮助他们去发展自己,便是极贤明的办法。

予同说,"我们得让子女在大学毕了业,才算尽了责任。"SK 说:"不然,要看我们的经济,他们的材质与志愿;若是中学毕了业,不能或不愿升学,便去做别的事,譬如做工人吧,那也并非不行的。"自然,人的好坏与成败,也不尽靠学校教育;说是非大学毕业不可,也许只是我们的偏见。(编者注:教育是贯穿终生的过程,人的发展需要每个阶段的努力,学校教育不过是打基础而已。)在这件事上,我现在毫不能有一定的主意;特别是这个变动不居的时代,知道将来怎样? 好在孩子们还小,将来的事且

17

这是极有见地的看法。

等将来吧。目前所能做的，只是培养他们基本的力量——胸襟与眼光；孩子们还是孩子们，自然说不上高的远的，慢慢从近处小处下手便了。这自然也只能先按照我自己的样子："神而明之，存乎其人。"光辉也罢，倒楣也罢，平凡也罢，让他们各尽各的力去。我只希望如我所想的，从此好好地做一回父亲，便自称心满意。——想到那"狂人""救救孩子"的呼声，（编者注：联想鲁迅先生的《狂人日记》，可以从更为深广的意义上理解朱自清先生对儿女的一番深情。）我怎敢不悚然自勉呢？

1928 年 6 月 24 日晚写毕，北京清华园

文章至此，立意毕现。说的是一家儿女之事，关注的是整个社会家庭关系的现代化建构和新一代的健康成长。

——给亡妇

谦,日子真快,一眨眼你已经死了三个年头了。这三年里世事不知变化了多少回,但你未必注意这些个,我知道。你第一惦记的是你几个孩子,第二便轮着我。孩子和我平分你的世界,你在日如此;你死后若还有知,想来还如此的。(编者注:妻子过世时,朱自清正在北平清华大学中国文学系执教,一接到爱妻死讯就昏倒在地,住进了医院,竟无法回扬州去奔丧。朱自清曾作《亡妇诗》,中有"俯仰幽明隔,白头空相期"、"到此羁旅寂,谁招千里魂"的诗句。作者以第二人称的叙述手法,把亡妇作为倾诉对象。怀念逝者的宽厚、仁爱、无私和勤劳,忏悔往昔自己的急躁、粗疏和自私,"伤逝"情怀也鼓励像自己一样的生者好好生活。)告诉你,我夏天回家来着:迈儿长得结实极了,比我高一个头。闰儿父亲说是最乖,可是没先前胖了。采芷和转子都好。五儿全家夸她长得好看;却在腿上生了湿疮,整天坐在竹床上不能下来,看了怪可怜的。六儿,我怎么说好,你明白,你临终时也和母亲谈过,这孩子是只可以养着玩儿的,他左挨右挨去年春天,到

这是一封生者给亡人,永远无法寄到的信件。告慰亡妇灵魂,实则是宽慰还活在世上的亲人的心灵。

寻找灵魂的栖息地

底没有挨过去。这孩子生了几个月，你的肺病就重起来了。我劝你少亲近他，只监督着老妈子照管就行。你总是忍不住，一会儿提，一会儿抱的。可是你病中为他操的那一份儿心也够瞧的。那一个夏天他病的时候多，你成天儿忙着，汤呀，药呀，冷呀，暖呀，连觉也没有好好儿睡过。哪里有一分一毫想着你自己。瞧着他硬朗点儿你就乐，干枯的笑容在黄蜡般的脸上，我只有暗中叹气而已。（编者注：使人自然联想到当代散文家周佩红《母亲这样的女人》，中国传统女性的一个令人感伤的共同命运：女人的世界越过越狭小，只有家人，没有自己。）

从来想不到做母亲的要像你这样。从迈儿起，你总是自己喂乳，一连四个都这样。你起初不知道按钟点儿喂，后来知道了，却又弄不惯；孩子们每夜里几次将你哭醒了，特别是闷热的夏季。我瞧你的觉老没睡足。白天里还得做菜，照料孩子，很少得空儿。你的身子本来坏，四个孩子就累你七八年。到了第五个，你自己实在不成了，又没乳，只好自己喂奶粉，另雇老妈子专管她。但孩子跟老妈子睡，你就没有放过心；夜里一听见哭，就竖起耳朵听，工夫一大就得过去看。（编者注：世界上恐怕没有比抚养孩子更琐碎的事情了。作者在追忆琐碎中显

真情。特别是善于抓住一些细节,传递人物细腻丰富的情感。"夜间谛听探视"这一细节把一位对孩子牵肠挂肚的母亲形象刻画得入木三分。归有光《项脊轩志》有一段很值得体味的文字:妪每谓予曰:"某所,而母立于兹。"妪又曰:汝姊在吾怀,呱呱而泣;娘以指叩门扉,曰:"儿寒乎? 欲食乎?"吾从板外相为应答。没有为人父母经历的人很难读出其中的深情,看似平淡的文字背后有情感的激流涌动,因为它反映了生活的真实和厚重。《给亡妇》的许多文字与《项脊轩志》有异曲同工之处。)

十六年初,和你到北京来,将迈儿,转子留在家里;三年多还不能去接他们,可真把你惦记苦了。你并不常提,我却明白。你后来说你的病就是惦记出来的;那个自然也有份儿,不过大半还是养育孩子累的。你的短短的十二年结婚生活,有十一年耗费在孩子们身上;而你一点不厌倦,有多少力量用多少,一直到自己毁灭为止。(编者注:夫人姓武名钟谦,与作者同岁,出身扬州城名医世家,19 岁婚嫁。婚后 12 年,11 年盘桓在不断生养孩子的生活节奏中。这几个数字的列出,让我们看到一位女性婚姻生活的全部内容。在作者看来是"耗费"自己的生命在孩子身上,而作为母亲,却一点不厌倦,而且鞠

寻找灵魂的栖息地

这就是光辉的母性,虽然令人感伤,但却使人肃然起敬。

21

寻找灵魂的栖息地

躬尽瘁，死而后已。）你对孩子一般儿爱，不问男的女的，大的小的。也不想到什么"养儿防老，积谷防饥"，只拼命的爱去。你对于教育老实说有些外行，孩子们只要吃得好玩得好就成了。这也难怪你，你自己便是这样长大的。况且孩子们原都还小，吃和玩本来也要紧的。你病重的时候最放不下的还是孩子。病得只剩皮包着骨头了，总不信自己不会好；老说："我死了，这一大群孩子可苦了。"后来说送你回家，你想着可以看见迈儿和转子，也愿意；你万不想到会一走不返的。我送车的时候，你忍不住哭了，（编者注：可以特别留心人物的情感表现，她的喜怒哀乐，哭、笑、高高兴兴、抽噎等等，表现了她的慈爱、宽厚、善良、贤惠和明德。）说："还不知能不能再见？"可怜，你的心我知道，你满想着好好儿带着六个孩子回来见我的。谦，你那时一定这样想，一定的。

除了孩子，你心里只有我。不错，那时你父亲还在；可是你母亲死了，他另有个女人，你老早就觉得隔了一层似的。出嫁后第一年你虽还一心一意依恋着他老人家，到第二年上我和孩子可就将你的心占住，你再没有多少工夫惦记他了。你还记得第一年我在北京，你在家里。家里来信说你待不住，

此处的哭，是伤心，但不是为自己身体担心，而是忧虑再也不能见到儿女和先生，这就是女人心中的世界。

22

常回娘家去。我动气了，马上写信责备你。你教人写了一封复信，说家里有事，不能不回去。这是你第一次也可以说第末次的抗议，我从此就没给你写信。暑假时带了一肚子主意回去，但见了面，看你一脸笑，也就拉倒了。（编者注：新媳妇的委屈很多：婆家人挑剔和不满，丈夫误解和责备。但是，在新婚小别的丈夫回家时，她以"一脸笑"迎接"一肚子主意"的丈夫。）打这时候起，你渐渐从你父亲的怀里跑到我这儿。你换了金镯子帮助我的学费，叫我以后还你；但直到你死，我没有还你。你在我家受了许多气，又因为我家的缘故受你家里的气，你都忍着。这全为的是我，我知道。那回我从家乡一个中学半途辞职出走。家里人讽你也走。哪里走！只得硬着头皮往你家去。那时你家像个冰窖子，你们在窖里足足住了三个月。好容易我才将你们领出来了，一同上外省去。小家庭这样组织起来了。你虽不是什么阔小姐，可也是自小娇生惯养的，做起主妇来，什么都得干一两手；你居然做下去了，而且高高兴兴地做下去了。菜照例满是你做，可是吃的都是我们；你至多夹上两三筷子就算了。你的菜做得不坏，有一位老在行大大地夸奖过你。你洗衣服也不错，夏天我的绸大褂大概总是你亲自动手。

人物的单纯、善良和宽容就在这样的神情描摹中彰显。

23

应该说，朱自清先生是一位细心的丈夫。他懂得妻子的感受，赞赏妻子的态度。"高高兴兴"做家务，把一位热爱家庭、体贴先生、关爱孩子的家庭主妇形象点缀得很有光彩。

我们可以注意到，文中具体肖像描写几乎没有，但人物形象却很分明。

寻找灵魂的栖息地

24

你在家老不乐意闲着；坐前几个"月子"，老是四五天就起床，说是躺着家里事没条没理的。其实你起来也还不是没条理；咱们家那么多孩子，哪儿来条理？在浙江住的时候，逃过两回兵难，我都在北平。真亏你领着母亲和一群孩子东藏西躲的；末一回还要走多少里路，翻一道大岭。这两回差不多只靠你一个人。你不但带了母亲和孩子们，还带了我一箱箱的书；你知道我是最爱书的。（编者注：每一件事情都会让读者看到一位性格鲜明、性情丰富的女性形象。83年过去了，朱自清先生的儿子朱润生探访当年母亲带领全家逃难的温州，撰文道："听温州大学黄教授说，母亲当时是用扁担一头挑着最小的孩子，一头挑着父亲的书籍，领着我祖母和稍大一点的兄姐上船的；母亲知道，父亲嗜书如命，丢了什么也不能丢了书。"）在短短的十二年里，你操的心比人家一辈子还多；谦，你那样身子怎么经得住！你将我的责任一股脑儿担负了去，压死了你；我如何对得起你！

你为我的捞什子书也费了不少神；第一回让你父亲的男佣人从家乡捎到上海去。他说了几句闲话，你气得在你父亲面前哭了。第二回是带着逃难，别人都说你傻子。你有你的想头："没有书怎么教书？况且他又爱这个玩意儿。"其实你没有晓得，那些书丢了也并不可惜；不过教你怎么晓得，我平常从来没和你谈过这些个！总而言之，你的心是可感谢的。这十二年里你为我吃的苦真不少，可是没有过几天好日子。我们在一起住，算来也还不到五个年头。无论日子怎么坏，无论是离是合，<u>你从来没对我发过脾气，连一句怨言也没有。——别说怨我，就是怨命也没有过。</u>老实说，我的脾气可不大好，迁怒的事儿有的是。那些时候<u>你往往抽噎着流眼泪，从不回嘴，也不号啕。</u>（编者注：毫无怨言，连哭泣也要压抑的妻子留给作者多少愧疚和不安。）不过我也只信得过你一个人，有些话我只和你一个人说，因为世界上只你一个人真关心我，真同情我。你不但为我吃苦，更为我分苦；我之有我现在的精神，大半是你给我培养着的。（编者注：一位好妻子，也是一所好学校。妻子的品行"培育"了丈夫的精神，这样的评价，若真有所谓灵魂的存在，亡妇一定会无比欣慰。这样的感受，让我们看到一个至情至性的朱自清先生。）这些年来我很少生病。但我最不耐烦生病，生了病就呻吟不绝，闹那伺候病的人。你是领教过一回的，那回只一两点钟，可是也够麻烦了。你常生病，却总不开口，挣扎着起来；

对中国传统女性的隐忍我们往往怀有复杂的情感。赞赏中有悲悯，褒扬中有愧疚。作者对妻子的隐忍就有这样的态度。

行文夹叙夹议，在叙述往事的同时，不断反思自己的精神成长。

25

死亡这个话题，承
载着多少难以言说的
伤痛，对亡者，对生人
都是如此。

寻找灵魂的栖息地

26

一来怕搅我，二来怕没人做你那份儿事。我有一个坏脾气，怕听人生病，也是真的。后来你天天发烧，自己还以为南方带来的疟疾，一直瞒着我。明明躺着，听见我的脚步，一骨碌就坐起来。我渐渐有些奇怪，让大夫一瞧，这可糟了，你的一个肺已烂了一个大窟窿了！大夫劝你到西山去静养，你丢不下孩子，又舍不得钱；劝你在家里躺着，你也丢不下那份儿家务。越看越不行了，这才送你回去。明知凶多吉少，想不到只一个月工夫你就完了！本来盼望还见得着你，这一来可拉倒了。（编者注：朱自清先生是一位驾驭文字的大师，但是，在爱妻死亡的叙述中，出人意料地运用了最平直、最通俗，甚至让人觉得最难以接受的大白话呈现妻子的离世，"这可糟了"、"只有一个月工夫你就完了""这一来可拉倒了"，也许情到深处、痛到极点，喷涌而出的只可能是最没有修饰的语言，这是作者发自心底的哀号与恸哭。）你也何尝想到这个？父亲告诉我，你回家独住着一所小住宅，还嫌没有客厅，怕我回去不便哪。

前年夏天回家，上你坟上去了。你睡在祖父母的下首，想来还不孤单的。只是当年祖父母的坟太小了，你正睡在圹底下。这叫做"抗圹"，在生人看来是不安心的；等着想办法哪。那时圹上圹下密密地长着青草,朝露浸湿了我的布鞋。(编者注:"生人"者,依然还活在世上的人也。面对死亡,死者逝矣,可能真是一种解脱,而痛苦的是"生人",无法释怀的也是"生人"。悼亡,是中国文学作品常见的主题。苏东坡的《江城子》道尽了天下未亡人"不思量,自难忘"的情怀,那"明月夜,短松冈"的断肠之所永远是诗人魂牵梦绕的地方。朱自清先生的《给亡妇》也有自己的断肠之所:低圹旧坟,青草朝露。那双"浸湿"的"布鞋"是作者久久滞留坟前不能心安的明证。)你刚埋了半年多,只有圹下多出一块土,别的全然看不出新坟的样子。我和隐今夏回去,本想到你的坟上来;因为她病了没来成。我们想告诉你,五个孩子都好,我们一定尽心教养他们,让他们对得起死了的母亲——你!谦,好好儿放心安睡吧,你。(编者注:"好好儿放心睡吧"是不能安心的生人对亡者的劝慰。作者用特别的句式强调了对亡妻的嘱托,这不是生死两茫茫的诀别,不过就是一次长时间的休息。心之不忍,情之难舍,无需多言,文章至此戛然而止,留下的空白让读者去填补。)

1932 年 10 月 11 日作

——教育家的夏丏尊先生

作者一生多年至交不少,记友悼亡的篇什颇多。此处特选编读者相对陌生的文章与人物以飨读者。

寻找灵魂的栖息地

28

呼应文章第一句话。

夏丏尊先生是一位理想家。他有高远的理想,可并不是空想,他少年时倾向无政府主义,(编者注:无政府主义(或安那其)是一系列政治哲学思想,对大多数无政府主义者而言,"无政府"一词并不代表混乱、虚无或道德沦丧的状态,而是一种由自由的个体们自愿结合,互助、自治、反独裁主义的和谐社会。著名作家巴金先生早年也信仰过无政府主义。)一度想和几个朋友组织新村,自耕自食,但是没有实现。他办教育,也是理想主义的。最足以表现他的是浙江上虞白马湖的春晖中学,那时校长是已故的经子渊先生(亨颐)。但是他似乎将学校的事全交给了夏先生。是夏先生约集了一班气味相投的教师,招来了许多外地和本地的学生,创立了这个中学。他给学生一个有诗有画的学术环境,让他们按着个性自由发展。(编者注:即使在今天看来,夏丏尊先生的办学理念也是理想而先进的,非常符合素质教育的办学思想。表现在:其一,学校文化对学生成长影响很大,特意营造人文气息浓郁的校园学术环境;其二,充分尊重学生的个性,以学生自由发展为本。)学校成立了两年,我也去教书,刚一到就感到一种平静亲和的氛围,是别的学校没有的。我读了他们的校刊,觉得特别亲切有味,也跟别的校刊大不同。我教着书,看出学生对文学和艺术的欣赏力和表现力都比别的同级的学校高得多。

但是理想主义的夏先生终于碰着实际的壁了。

理想遭遇现实的阻击。

(编者注:理想与现实的矛盾永远存在,关键是面对理想"碰壁"的态度。在夏丏尊先生的态度中我们可以感受到他生命的张力。他坚持而不决绝,友善而不懦弱,这种处世之道形成的原因在下文中可以略知一二。)他跟他的多年的老朋友校长经先生意见越来越差异,跟他的至亲在学校任主要职务的意见也不投合;他一面在私人关系上还保持着对他们的友谊和亲谊;一面在学校政策上却坚执着他的主张,他的理论,不妥协,不让步。他不用强力,只是不合作;终于他和一些朋友都离开了春晖中学。朋友中匡互生等几位先生便到上海创办立达学园;可是夏先生对办学校从此灰心了。但他对教育事业并不灰心,这是他安身立命之处;(编者注:"安身立命"是一个非常有分量的词,作者用它来表达夏丏尊先生对教育事业的态度,鲜明地表现了夏先生的人生追求,也体现了作者对夏先生了解之深。)于

是又和一些朋友创办开明书店,创办《中学生杂志》,写作他所专长的国文科的指导书籍。《中学生杂志》和他的书的影响,是大家都知道的。他是始终献身于教育,献身于教育的理想的人。

夏先生是以宗教的精神来献身于教育的。他跟李叔同先生(编者注:李叔同,(1880—1942 年),名文涛,别号息霜,出家号弘一法师。出家前热心艺术教育,在文学、音乐、美术和戏剧等方面卓有成就,对夏丏尊影响很大。)是多年好友。他原是学工的,他对于文学和艺术的兴趣,也许多少受了李先生的影响。他跟李先生是杭州省立第一师范学校同事,校长就是经子渊先生。李先生和他都在实践感化教育,的确收了效果;我从受过他们的教的人可以亲切的看出。后来李先生出了家,就是弘一师。夏先生和我说过,那时他也认真的考虑过出家。他虽然到底没有出家,可是受弘一师的感动极大,他简直信仰弘一师。自然他对佛教也有了信仰,但不在仪式上。他是热情的人,他读《爱的教育》,曾经流了好多泪。他翻译这本书,是抱着佛教徒了愿的精神在动笔的,从这件事上可以见出他将教育和宗教打成一片。(编者注:《爱的教育》由意大利作家亚米契斯耗时近十年完成,夏丏尊先生翻

“宗教的精神”最本质的意义是奉献。

译,1924年开明书店出版。在《译者序言》中写道:
"我在四年前始得此书的日译本,记得曾流了泪三
日夜读毕,就是后来在翻译或随便阅读时,还深深
地感到刺激,不觉眼睛润湿。这不是悲哀的眼泪,
乃是惭愧和感激的眼泪。除了人的资格以外,我在
家中早已是二子二女的父亲,在教育界是执过十余
年的教鞭的教师。平日为人为父为师的态度,读了
这书好像丑女见了美人,自己难堪起来,不觉惭愧
了流泪。"至此,我们可以看到夏丏尊先生人格形成
的基础之一:爱的情感。)这也正是他的从事教育事
业的态度。他爱朋友,爱青年,他关心他们的一切。
在春晖中学时,学生给他一个绰号叫做"批评家",
同事也常和他开玩笑,说他有"支配欲"。其实他
只是太关心别人了,忍不住参加一些意见罢了。他
的态度永远是亲切的,他的说话也永远是亲切的。

夏先生才真是一位诲人不倦的教育家。(编者
注:"诲人不倦"是儒学传统中理想人格的重要部
分;"教育家"的评价一点也不过分,整篇文章没有
展开人物具体教育行为的介绍,侧重介绍的就是他
的教育理想和教育观念。)

文章结尾简洁有
力,用高度的评价和深
深的赞叹表达对人物
的敬意。

1946年7月12日作

本文开头的写法再平常不过，简直就是一分履历表，但恰恰在这样的地方，作者开始做起了文章，而且做足了一个关键词——"忙"：忙于工作；忙而不马虎；忙而没架子。

寻找灵魂的栖息地

32

刘云波是成都的一位妇产科女医师，在成都执行医务，上十年了。她自己开了一所宏济医院，抗战期中兼任成都中央军校医院妇产科主任，又兼任成都市立医院妇产科主任。胜利后军校医院复员到南京，她不能分身前去，去年又兼任了成都高级医事职业学校的校长，我写出这一串履历，见出她是个忙人。（编者注：记人叙事的文章是最常见的文字，往往忌平。平淡的内容，平常的写法可能会使读者失去兴趣。可是生活本身往往就是如此普通平凡，惊天地泣鬼神的人和事不是生活的常态。一个有眼光的作者善于从平常中寻找感动，在普通中凸显伟大。）忙人原不稀奇，难得的她决不挂名而不做事；她是真的忙于工作，并非忙于应酬等等。她也不因为忙而马虎，却处处要尽到她的责任。忙人最容易搭架子，瞧不起别人，她却没有架子，所以人缘好——就因为人缘好所以更忙。这十年来成都人找过她的太多了，可是我们没有听到过不满意她的话。人缘好，固然；更重要的是她对于病人无微不至的关切。她不是冷冰冰的在尽她的责任，尽了责任就算完事；

她是"念兹在兹"的。（编者注：念：顾念；兹：此，这个。泛指念念不忘某一件事情。）

刘医师和内人（编者注：朱自清先生丧偶三年后，在朋友热心撮合下，与四川籍在北京学习艺术的陈竹隐女士结婚。1937年抗日战争爆发后，朱自清夫妇带起子女随校南迁，任昆明新组成的西南联大中文系教授。为减轻朱自清先生生活压力，陈竹隐毅然带着子女，回到阔别多年的故乡成都，让朱自清一人留在昆明安心执教，尽可能减少朱自清的后顾之忧。）在中学里同学，彼此很要好。抗战后内人回到成都故乡，老朋友见面，更是高兴。内人带着三个孩子在成都一直住了六年，这中间承她的帮助太多，特别在医药上。他们不断的去她的医院看病，大小四口都长期住过院，我自己也承她送打了二十四针，治十二指肠溃疡。我们熟悉她的医院，深知她的为人，她的确是一位亲切的好医师。她是在德国耶拿大学学的医，在那儿住了也上十年。在她自己的医院里，除妇产科外她也看别的病，但是她的主要的也是最忙的工作是接生，找她的人最多。她约定了给产妇接生，到了期就是晚上睡下也在留心着电话。电话来了，或者有人来请了，她马上起来坐着包车就走。有一回一个并未预

写人与记事一定是紧密结合的。作者通过一个非常典型的事例,写出了人物的职业精神——强烈的责任感。

作者特别强调刘云波医师的悲悯情怀。

约的病家,半夜里派人来请。这家人疏散在郊外,从来没有请她去看过产妇,也没有个介绍的人。她却毅然的答应了去。包车到了一处田边打住,来请的人说还要走几条田埂才到那家。那时夜黑如墨,四望无人,她想,该不会是绑票匪的骗局罢?但是只得大着胆子硬起头皮跟着走。受了这一次虚惊,她却并不说以后不接受这种半夜里郊外素不相知的人家的邀请,她觉得接生是她应尽的责任。

她的责任感是充满了热情的。(编者注:作者注重对人物的深刻理解。他没有停留在对人物行为的简单赞美上,而是深入体会人物独特的精神世界。此处特别强调人物的责任感是"充满了热情的",而非一般的理性的职业道德。)她对于住在她的医院里的病人,因为接近,更是时刻的关切着——老看见她叮嘱护士小姐们招呼这样那样的。特别是那种情形严重的病人,她有时候简直睡不着的惦记着。她没有结婚,常和内人说她把病人当做了爱人。这决不是一句漂亮话,她是认真的爱着她的病人的。她是个忠诚的基督徒,有着那大的爱的心,(编者注:作者认为人物的内心充满虔诚的宗教热情,这是她的内驱力。)也可以说是"慈母之心"——我曾经写过一张横披送给她,就用的这四个字。她不忽略穷的病家,住在她的医院里的病人,不论穷些富些,她总叮嘱护士小姐们务必一样的和气,不许有差别。如果发觉有了差别,她是要不留情的教训的。街坊上的穷家到她的医院里看病,她常免他们的费,她也到这些穷人家里去免费接生。(编者注:悲悯情怀是一个人情感世界最高尚也最重要的情感。)对于朋友自然更厚。有一年我们的三个孩子都出疹子,两岁的小女儿转了猩红热,两个男孩子转了肺炎,那时我在昆明,内人一个人要照管这三个严重的传染病人。幸而刘医师特许小女住到她的医院里去。她尽心竭力的奔波着治他们的病,用她存着的最有效的药,那些药在当时的成都是极难得的。小女眼看着活不了,却终于在她手里活了起来,真是凭空的捡来了一条命! 她知道教书匠的穷,一个钱不要我们的。后来她给我们看病吃药,也从不收一个钱。

我们呢,却只送了"秀才人情"的一幅对子给她,文字是"生死人而肉白骨,保赤子如拯斯民",(编者注:生:使……活过来;肉:使……长出肉。全句意为医术的精湛,让逝者复生,令白骨长肉;赞美人物仁德之宽厚,救患者于水火之中。)特地请叶圣陶兄写;这是我们的真心话。我们当然感谢她,但是更可佩服的是她那把病人当做爱人的热情和责任感。

寻
找
灵
魂
的
栖
息
地

刘医师是遂宁刘万和先生的二小姐。刘老先生手创了成都的刘万和绸布庄,这到现在还是成都数一数二的大铺子。刘老太太是一位慈爱的勤俭的老太太,她行的家庭教育是健康的。(编者注:家庭是人生的第一所学校。出身富裕人家,却能悲悯众生,与其成长过程中感受的慈爱、勤俭分不开。作者认为这样的家庭教育是"健康的"。)刘医师敬爱着这两位老人。不幸老太太去世得早,老先生在抗战前一年也去世了,留下了很多幼小者。刘医师在耶拿大学得了博士学位,原想再研究些时候,这一来却赶着回到家里,负起了教育弟弟们的重任。她爱弟弟们,管教得却很严。现在弟弟们都成了年,她又在管着侄儿侄女们了。这也正是她的热情和责任感的表现。她出身在富家,富家出身的人原来有啬刻的,也有慷慨的,她的慷慨还不算顶稀奇。真正难得的是她那不会厌倦的同情和不辞劳苦的服务。富家出身的人往往只知道贪图安逸,像她这样给自己找麻烦的人实在少有。再说一般的医师,也是冷静而认真就算是好,像她这样对于不论什么病人都亲切,恐怕也是凤毛麟角罢!

1948 年 3 月 17 日作

这段文字主要分析刘云波医师的家庭背景和家庭教育对其为人的影响。

一比富家出生者啬刻与慷慨;二比富家出生者的贪图安逸和自找麻烦;三比一般医师的冷静认真与刘云波医师的不论对什么病人的亲切。通过对比,写出人物的"稀奇"、"难得"和"凤毛麟角",有说服力。

1. 可参照阅读《幸福的家庭》(鲁迅)、《父母的责任》(朱自清),进一步理解朱自清丰富而厚重的情感世界。

2. 选读朱自清散文集《背影》、《你我》,积累记人写事类文章的阅读感受,加深对生活的体验。

寻找灵魂的栖息地

37

第二单元 / 匆匆的踪迹

　　祖籍绍兴的朱自清先生出生和成长在扬州,这也许注定了他的一生将漂泊在外,来去匆匆。十六岁离家北上求学,二十岁毕业辗转南下教书养家糊口,返北平,清华园杏坛执教;奔昆明,西南联大笔耕不辍……时局动荡,风雨飘摇,直至生命的终点,也没有能够停靠在日夜思念的故园。青年时代一篇《匆匆》似乎成为一种谶语,为生活奔波的步履从未轻松过,所幸艰辛路途中还有可以安放心灵的一个个驿站,在《踪迹》、《欧游杂记》等作品集中我们可以分明辨识,那清华园日日走过的荷塘、那桨声灯影里的秦淮河、那念叨了许久才饱览的潭柘寺和戒坛寺,那异域城市和河流都留下先生流连的踪迹,为朱自清先生五十年的匆匆岁月画下一个个跃动着生命力的美妙音符。

——桨声灯影里的秦淮河

初泛:第一次泛舟游览秦淮河。七板子:秦淮河上一种有篷而周围无走沿的小游船。亦作"七板儿"。汩汩的是水声,也是"桨声",扣题之笔。

一九二三年八月的一晚,我和平伯同游秦淮河;(编者注:俞平伯,古典文学研究家、红学家、作家。两位青年友人在一次共同的游历后写出了两篇脍炙人口的同题作文。)平伯是初泛,我是重来了。我们雇了一只"七板子",在夕阳已去,皎月方来的时候,便下了船。于是桨声汩——汩,我们开始领略那晃荡着蔷薇色的历史的秦淮河的滋味了。(编者注:秦淮河分内河和外河,内河在南京城中,是十里秦淮最繁华之地。秦始皇时凿通方山引淮水,横贯城中,故名秦淮河。"蔷薇色的历史"形象地表达了秦淮河曾经的繁华绮靡。)

秦淮河里的船,比北京万牲园、颐和园的船好,比西湖的船好,比扬州瘦西湖的船也好。这几处的船不是觉着笨,就是觉着简陋、局促;都不能引起乘客们的情韵,如秦淮河的船一样。秦淮河的船约略可分为两种:一是大船;一是小船,就是所谓"七板子"。大船舱口阔大,可容二三十人。里面陈设着字画和光洁的红木家具,桌上一律嵌着冰凉的大理石面。窗格雕镂颇细,使人起柔腻之感。窗格里映着红色蓝色的玻璃;玻璃上有精致的花纹,也颇悦人目。"七板子"规模虽不及大船,但那淡蓝色的栏杆,空敞的舱,也足系人情思。而最出色处却在它的舱前。舱前是甲板上的一部。上面有弧形的顶,两边用疏疏的栏杆支着。里面通常放着两张藤的躺椅。躺下,可以谈天,可以望远,可以顾盼两岸的河房。大船上也有这个,便在小船上更觉清隽罢了。舱前的顶下,一律悬着灯彩;灯的多少,明暗,彩苏的精粗,艳晦,是不一的。但好歹总还你一个灯彩。这灯彩实在是最能钩人的东西。夜幕垂垂地下来时,大小船上都点起灯火。从两重玻璃里映出那辐射着的黄黄的散光,反晕出一片朦胧的烟霭;透过这烟霭,在黯黯的水波里,又逗起缕缕的明漪。在这薄霭和微漪里,听着那悠然的间歇的桨声,谁能不被引入他的美梦去呢?只愁梦太多了,(编者注:希望有"美梦",只可惜现实生活"愁梦"太多。这一组词语非常关键,文章的情感线索就是围绕着它们展开的。"秦淮河的艳迹"就是染成"蔷薇色"的颜料之一。)这些大小船儿如何载得起呀?我们这时模模糊糊的谈着明末的秦淮河的艳迹,如《桃花扇》(编者注:《桃花扇》清初孔尚任的传奇剧,通过明末复社文人侯方域和秦淮名妓李香

作者非常注重游览的感受,第二段就开始强调"情韵",第三段的"系人情思"、"钩人的东西"当是作者游历秦淮河最渴望感受的内容。灯彩引出"灯影",亦为扣题之笔。

君的爱情故事,来反映明末纷乱的历史。)及《板桥杂记》里所载的。我们真神往了。我们仿佛亲见那时华灯映水,画舫凌波的光景了。于是我们的船便成了历史的重载了。我们终于恍然秦淮河的船所以雅丽过于他处,而又有奇异的吸引力的,实在是许多历史的影像使然了。

一条河,贯穿的是一段历史,回荡的是一种文化。作者的感悟正源于此。

秦淮河的水是碧阴阴的;看起来厚而不腻,或者是六朝金粉所凝么?(编者注:六朝:历史上三国时期的吴国、东晋、南朝宋、齐、梁、陈六朝定都于南京,因而南京常被称作"六朝古都"。金粉:旧时妇女妆饰用的铅粉,常用以形容繁华绮丽。亦形容六朝的靡丽繁华景象。称南京为"六朝金粉",意思是和"六朝古都"一样的。)我们初上船的时候,天色还未断黑,那漾漾的柔波是这样的恬静,委婉,使我们一面有水阔天空之想,一面又憧憬着纸醉金迷之境了。等到灯火明时,阴阴的变为沉沉了:黯淡的水光,像梦一般;那偶然闪烁着的光芒,就是梦的眼睛了。我们坐在舱前,因了那隆起的顶棚,仿佛总是昂着首向前走着似的;于是飘飘然如御风而行的我们,看着那些自在的湾泊着的船,船里走马灯般的人物,便像是下界一般,迢迢的远了,又像在雾里看花,尽朦朦胧胧的。这时我们已过了利涉桥,望

"水阔天空"与"纸醉金迷"是一种触景生情的深远的怀想。

见东关头了。沿路听见断续的歌声:有从沿河的妓楼飘来的,有从河上船里渡来的。<u>我们明知那些歌声,只是些因袭的言词,从生涩的歌喉里机械的发出来的;但它们经了夏夜的微风的吹漾和水波的摇拂,袅娜着到我们耳边的时候,已经不单是她们的歌声,而混着微风和河水的密语了。</u>(编者注:作者对眼前见闻的体悟细腻而独特。“歌声”变成“密语”,是经过作者心境的过滤的。因为“憧憬”而有了微醺的幻觉。“袅娜”一词正是作者化听觉为视觉的神来之笔。修辞上称为通感。)于是我们不得不被牵惹着,震撼着,相与浮沉于这歌声里了。从东关头转弯,不久就到大中桥。大中桥共有三个桥拱,都很阔大,俨然是三座门儿;使我们觉得我们的船和船里的我们,在桥下过去时,真是太无颜色了。桥砖是深褐色,表明它的历史的长久;但都完好无缺,令人太息于古昔工程的坚美。桥上两旁都是木壁的房子,中间应该有街路?这些房子都破旧了,多年烟熏的迹,遮没了当年的美丽。我想象秦淮河的极盛时,在这样宏阔的桥上,特地盖了房子,必然是髹漆得富富丽丽的;晚间必然是灯火通明的。现在却只剩下一片黑沉沉!(编者注:“富富丽丽”、“灯火通明”与“现在却只剩下一片黑沉沉”

43

作者的想象是历史的回放,而这种回放一定是和现实感受放在一起才有意味。

形成强烈反差。怀古伤今的感慨油然而生。正应了"空余旧迹，郁苍苍，雾沉半垒。夜深月过女墙来，伤心东望淮水"（周邦彦《西河·金陵怀古》）的心境。）但是桥上造着房子，毕竟使我们多少可以想见往日的繁华；这也慰情聊胜无了。过了大中桥，便到了灯月交辉，笙歌彻夜的秦淮河；这才是秦淮河的真面目哩。

大中桥外，顿然空阔，和桥内两岸排着密密的人家的大异了。一眼望去，疏疏的林，淡淡的月，衬着蓝蔚的天，颇像荒江野渡光景；那边呢，郁葱葱的，阴森森的，又似乎藏着无边的黑暗：令人几乎不信那是繁华的秦淮河了。但是河中眩晕着的灯光，纵横着的画舫，悠扬着的笛韵，夹着那吱吱的胡琴声，终于使我们认识绿如茵陈酒的秦淮水了。此地天裸露着的多些，故觉夜来的独迟些；<u>从清清的水影里，我们感到的只是薄薄的夜——这正是秦淮河的夜</u>。（编者注：夜用"薄薄的"来修饰，也是作者的独特感受。夜应该用视觉感受，作者却有触觉掂量它的分量，也是通感。这种"薄薄的"感觉，既因为秦淮河水本来就清，也是由于河上眩晕的灯光造成的通透感。）大中桥外，本来还有一座复成桥，是船夫口中的我们的游踪尽处，或也是秦淮河繁华的

44

"绿如茵陈酒"一语颇费思量。当为绿如茵、醉人如陈酒之意，因原文如此，照录。

尽处了。我的脚曾踏过复成桥的脊,在十三四岁的时候。但是两次游秦淮河,却都不曾见着复成桥的面;明知总在前途的,却常觉得有些虚无缥缈似的。我想,不见倒也好。这时正是盛夏。我们下船后,借着新生的晚凉和河上的微风,暑气已渐渐消散;到了此地,豁然开朗,身子顿然轻了——习习的清风荏苒在面上,手上,衣上,这便又感到了一缕新凉了。南京的日光,大概没有杭州猛烈;西湖的夏夜老是热蓬蓬的,水像沸着一般,秦淮河的水却尽是这样冷冷地绿着。任你人影的憧憧,歌声的扰扰,总像隔着一层薄薄的绿纱面幂似的;它尽是这样静静的,冷冷的绿着。(编者注:运用对比,比出南京日光的温和,更比出秦淮河水的清冷。冷绿的色调是实写景物,更是虚写心境感受。"人影的憧憧,歌声的扰扰"令人联想到《阿房宫赋》中的景象:"明星荧荧,开妆镜也;绿云扰扰,梳晓鬟也;渭流涨腻,弃脂水也;烟斜雾横,焚椒兰也。"景象热闹,心境清冷。)我们出了大中桥,走不上半里路,船夫便将船划到一旁,停了桨由它宕着。他以为那里正是繁华的极点,再过去就是荒凉了;所以让我们多多赏鉴一会儿。他自己却静静的蹲着。他是看惯这光景的了,大约只是一个无可无不可。这无可无不可,

船夫的特写颇有意味。

无论是升的沉的，总之，都比我们高了。（编者注：静静的蹲着的船夫看惯了这景象，繁华与荒凉对他都是"无可无不可"的外物。在这个意义上，船夫超越了升沉兴衰的慨叹，作者以此认为"都比我们高了"。哪一种状态更好呢？）

那时河里闹热极了；船大半泊着，小半在水上穿梭似的来往。停泊着的都在近市的那一边，我们的船自然也夹在其中。因为这边略略的挤，便觉得那边十分的疏了。在每一只船从那边过去时，我们能画出它的轻轻的影和曲曲的波，在我们的心上；这显着是空，且显着是静了。那时处处都是歌声和凄厉的胡琴声，圆润的喉咙，确乎是很少的。但那生涩的，尖脆的调子能使人有少年的，粗率不拘的感觉，也正可快我们的意。况且多少隔开些儿听着，因为想象与渴慕的做美，总觉更有滋味；而竞发的喧嚣，抑扬的不齐，远近的杂沓，和乐器的嘈嘈切切，合成另一意味的谐音，也使我们无所适从，如随着大风而走。这实在因为我们的心枯涩久了，变为脆弱；故偶然润泽一下，便疯狂似的不能自主了。（编者注：作者对自己内心始终有一种特别的关照，写人记事如此，写景记游亦如此。少年心境如此"枯涩"，漫长人生更何以堪？）但秦淮河确也腻

相信使作者快意的不是歌声本身，而是依然氤氲在秦淮河上特有的气息。可参见前文歌声如密语一段文字。

人。即如船里的人面,无论是和我们一堆儿泊着的,无论是从我们眼前过去的,总是模模糊糊的,甚至渺渺茫茫的;任你张圆了眼睛,揩净了眦垢,也是枉然。这真够人想呢。在我们停泊的地方,灯光原是纷然的;不过这些灯光都是黄而有晕的。黄已经不能明了,再加上了晕,便更不成了。灯愈多,晕就愈甚;在繁星般的黄的交错里,秦淮河仿佛笼上了一团光雾。光芒与雾气腾腾的晕着,什么都只剩了轮廓了;所以人面的详细的曲线,便消失于我们的眼底了。但灯光究竟夺不了那边的月色;灯光是浑的,月色是清的,在混沌的灯光里,渗入了一派清辉,却真是奇迹!那晚月儿已瘦削了两三分。她晚妆才罢,盈盈的上了柳梢头。天是蓝得可爱,仿佛一汪水似的;月儿便更出落得精神了。岸上原有三株两株的垂杨树,淡淡的影子,在水里摇曳着。它们那柔细的枝条浴着月光,就像一支支美人的臂膊,交互的缠着,挽着;又像是月儿披着的发。而月儿偶然也从它们的交叉处偷偷窥看我们,大有小姑娘怕羞的样子。岸上另有几株不知名的老树,光光的立着;在月光里照起来。却又俨然是精神矍铄的老人。(编者注:灯光有了月色,更加混沌;月光因灯光更显清辉。这是浑然天成,更是作者用心的捕

秦淮河上的灯光不明亮,必须是这样的带着黄晕的朦胧之色,就在这朦胧暗淡中,作者怀古的遐思才能驰骋。

捉。秦淮河上的月在作者的心中已经完全拟人化。作者对景物的细腻、传神的描写无须赘述,比喻、拟人的手法也不必细说。建议此段文字可以和后面的《荷塘月色》放在一起读,看看秦淮河的月色与荷塘月色有几分相像,又有多少区别。)远处——快到天际线了,才有一两片白云,亮得现出异彩,像美丽的贝壳一般。白云下便是黑黑的一带轮廓;是一条随意画的不规则的曲线。这一段光景,和河中的风味大异了。但灯与月竟能并存着,交融着,使月成了缠绵的月,灯射着渺渺的灵辉;这正是天之所以厚秦淮河,也正是天之所以厚我们了。(编者注:厚:厚爱,厚待。作者对自然的赐予充满感激,沉醉其中。)

这时却遇着了难解的纠纷。秦淮河上原有一种歌妓,是以歌为业的。从前都在茶舫上,唱些大曲之类。每日午后一时起;什么时候止,却忘记了。晚上照样也有一回。也在黄晕的灯光里。我从前过南京时,曾随着朋友去听过两次。因为茶舫里的人脸太多了,觉得不大适意,终于听不出所以然。前年听说歌妓被取缔了,不知怎的,颇设想了几次——却想不出什么。这次到南京,先到茶舫上去看看,觉得颇是寂寥,令我无端的怅怅了。不料她

文章至此陡生波澜。"难解的纠纷"破坏了作者的心境,把作者拉回到现实生活中。

们却仍在秦淮河里挣扎着,不料她们竟会纠缠到我们,我于是很张皇了。(编者注:不见歌女让作者"怅怅",见到了在秦淮河上为生存"挣扎"的歌女,作者竟然"张皇"了。历代写歌女的文字不少,秦淮河上的歌女也成为诗人吟咏的对象,"商女不知亡国恨,隔江犹唱后庭花。"杜牧把歌女演唱和亡国之痛联系在一起,以秦淮河为背景,歌女无辜,历史无情,现实可悲,历史的感伤也浸入了后代知识分子的情怀中。)她们也乘着"七板子",她们总是坐在舱前的。舱前点着石油汽灯,光亮炫人眼目:坐在下面的,自然是纤毫毕见了——引诱客人们的力量,也便在此了。舱里躲着乐工等人,映着汽灯的余晖蠕动着;他们是永远不被注意的。每船的歌妓大约都是二人;天色一黑,她们的船就在大中桥外往来不息的兜生意。无论行着的船,泊着的船,都要来兜揽的。这都是我后来推想出来的。那晚不知怎样,忽然轮着我们的船了。我们的船好好的停着,一只歌舫划向我们来的;渐渐和我们的船并着了。<u>铄铄的灯光逼得我们皱起了眉头;我们的风尘色全给它托出来了,这使我踧踖不安了。</u>(编者注:前文的"张皇",此处的"踧踖不安",作者一再强调的这种感受,似乎令人费解。从行文上看,这为后

"真窘"、"装出大
方的样子"、"瞥了一
眼"、"勉强"、"赶紧"、
"不好意思",还有那
结结巴巴的话语,具体
描绘了作者的踟蹰不
安。

"我说"开始的这
段自白文字很长,占了
文章不少篇幅,与前文
写景抒情的风格很不
一致,对此后人颇有异
议。余光中批评道:
"一讨论就是一千字:
一面觉得狎妓不道德,
一面又觉得不听歌不
甘心,最后又觉得即使
停船听歌,也不能算是
狎妓,而拒绝了这些歌
妓,又怕'使她们的希
望受了伤'。这种冗
长而繁琐的分析,说理
枯燥,文字累赘,插在
写景抒情的美文中,总
觉得理胜于情,颇为生
硬。"你以为如何?

文的"自白"作了铺垫。)那时一个伙计跨过船来,
拿着摊开的歌折,就近塞向我的手里,说:"点几出
吧!"他跨过来的时候,我们船上似乎有许多眼光跟
着。同时相近的别的船上也似乎有许多眼睛炯炯
的向我们船上看着。我真窘了!我也装出大方的
样子,向歌妓们瞥了一眼,但究竟是不成的!我勉
强将那歌折翻了一翻,却不曾看清了几个字;便赶
紧递还那伙计,一面不好意思地说:"不要,我们
……不要。"他便塞给平伯。平伯掉转头去,摇手
说:"不要!"那人还腻着不走。平伯又回过脸来,
摇着头道:"不要!"于是那人重到我处。我窘着再
拒绝了他。他这才有所不屑似的走了。我的心立
刻放下,如释了重负一般。我们就开始自白了。

我说我受了道德律的压迫,拒绝了她们;心里
似乎很抱歉的。这所谓抱歉,一面对于她们,一面
对于我自己。她们于我们虽然没有很奢的希望;但
总有些希望的。我们拒绝了她们,无论理由如何充
足,却使她们的希望受了伤;这总有几分不作美了。
这是我觉得很怅怅的。至于我自己,更有一种不足
之感。我这时被四面的歌声诱惑了,降服了;但是
远远的,远远的歌声总仿佛隔着重衣搔痒似的,越
搔越搔不着痒处。我于是憧憬着贴耳的妙音了。

在歌舫划来时,我的憧憬,变为盼望;我固执的盼望着,有如饥渴。虽然从浅薄的经验里,也能够推知,那贴耳的歌声,将剥去了一切的美妙;但一个平常的人像我的,谁愿凭了理性之力去丑化未来呢?我宁愿自己骗着了。不过我的社会感性是很敏锐的;我的思力能拆穿道德律的西洋镜,而我的感情却终于被它压服着,我于是有所顾忌了,尤其是在众目昭彰的时候。道德律的力,本来是民众赋予的;在民众的面前,自然更显出它的威严了。我这时一面盼望,一面却感到了两重的禁制:一,在通俗的意义上,接近妓者总算一种不正当的行为;二,妓是一种不健全的职业,我们对于她们,应有哀矜勿喜之心,不应赏玩的去听她们的歌。<u>在众目睽睽之下,这两种思想在我心里最为旺盛。她们暂时压倒了我的听歌的盼望,这便成就了我的灰色的拒绝。</u>(编者注:"灰色的拒绝"又是作者特别的感受和表达。"灰色"可能意味着不够坚决、不够明朗,这正是作者犹疑、沉重心境的体现。)那时的心实在异常状态中,觉得颇是昏乱。歌舫去了,暂时宁静之后,我的思绪又如潮涌了。两个相反的意思在我心头往复:卖歌和卖淫不同,听歌和狎妓不同,又干道德甚事?——但是,但是,她们既被逼的以歌为业,她们

的歌必无艺术味的；况她们的身世，我们究竟该同情的。所以拒绝倒也是正办。但这些意思终于不曾撇开我的听歌的盼望。它力量异常坚强；它总想将别的思绪踏在脚下。从这重重的争斗里，我感到了浓厚的不足之感。这不足之感使我的心盘旋不安，起坐都不安宁了。唉！我承认我是一个自私的人！平伯呢，却与我不同。他引周启明先生的诗："因为我有妻子，所以我爱一切的女人，因为我有子女，所以我爱一切的孩子。"

他的意思可以见了。他因为推及的同情，爱着那些歌妓，并且尊重着她们，所以拒绝了她们。在这种情形下，他自然以为听歌是对于她们的一种侮辱。但他也是想听歌的，虽然不和我一样，所以在他的心中，当然也有一番小小的争斗；争斗的结果，是同情胜了。至于道德律，在他是没有什么的；因为他很有蔑视一切的倾向，民众的力量在他是不大觉着的。（编者注：此处不能引起误解，"蔑视一切"，甚至不以民众力量为然之类的话语，主要是强调俞平伯对传统世俗偏见的不妥协。在俞平伯早期的文学活动中，他极力主张"平民文学"，对民生极其关注。）这时他的心意的活动比较简单，又比较松弱，故事后还怡然自若；我却不能了。这里平伯又比我高了。

在我们谈话中间，又来了两只歌舫。伙计照前一样的请我们点戏，我们照前一样的拒绝了。我受了三次窘，心里的不安更甚了。清艳的夜景也为之减色。船夫大约因为要赶第二趟生意，催着我们回去；我们无可无不可的答应了。我们渐渐和那些晕黄的灯光远了，只有些月色冷清清的随着我们的归舟。我们的船竟没个伴儿，秦淮河的夜正长哩！到大中桥近处，才遇着一只来船。这是一只载妓的板船，黑漆漆的没有一点光。船头上坐着一个妓女；暗里看出，白地小花的衫子，黑的下衣。她手里拉着胡琴，口里唱着青衫的调子。她唱得响亮而圆转；当她的船箭一般驶过去时，余音还袅袅的在我们耳际，使我们倾听而向往。想不到在弩末的游踪里，还能领略到这样的清歌！（编者注：这位歌女的出现是作者不安、遗憾心境中的一种惊喜和慰藉，是夜游秦淮袅袅不断的余音，是最像梦的一笔。）这时船过大中桥了，森森的水影，如黑暗张着巨口，要将我们的船吞了下去，我们回顾那渺渺的黄光，不胜依恋之情；我们感到了寂寞！这一段地方夜色甚浓，又有两头的灯火招摇着；桥外的灯火不用说了，过了桥另有东关头疏疏的灯火。我们忽

"自白"的文字虽然多了点，但没有这些文字，也很难理解作者再三提到的窘迫不安。景随情移，作者心情的变化就顺理成章了。

寻找灵魂的栖息地

53

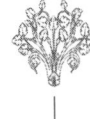

回程的沉默凸显了"桨声"和"灯影"，呼应题目和开头。

然仰头看见依人的素月，不觉深悔归来之早了！走过东关头，有一两只大船湾泊着，又有几只船向我们来着。嚣嚣的一阵歌声人语，仿佛笑我们无伴的孤舟哩。东关头转弯，河上的夜色更浓了；临水的妓楼上，时时从帘缝里射出一线一线的灯光；仿佛黑暗从酣睡里眨了一眨眼。我们默然的对着，静听那汩——汩的桨声，几乎要入睡了；朦胧里却温寻着适才的繁华的余味。我那不安的心在静里愈显活跃了！这时我们都有了不足之感，而我的更其浓厚。我们却只不愿回去，于是只能由懊悔而怅惘了。船里便满载着怅惘了。（编者注：在桨声和灯影中回味秦淮河的滋味，充满了"不足"、"懊恼"和"怅惘"。乘兴而来的作者与朋友没能尽兴而归，表层原因是回来得早了些，深层原因还在于，不论是秦淮河的历史还是现实，都无法安顿作者枯涩、不安的心。）直到利涉桥下，微微嘈杂的人声，才使我豁然一惊；那光景却又不同。右岸的河房里，都大开了窗户，里面亮着晃晃的电灯，电灯的光射到水上，蜿蜒曲折，闪闪不息，正如跳舞着的仙女的臂膊。我们的船已在她的臂膊里了；如睡在摇篮里一样，倦了的我们便又入梦了。那电灯下的人物，只觉像蚂蚁一般，更不去萦念。这是最后的梦；可惜是最短的梦！黑暗重复落在我们面前,我们看见傍岸的空船上一星两星的,枯燥无力又摇摇不定的灯光。<u>我们的梦醒了,我们知道就要上岸了;我们心里充满了幻灭的情思。</u>(编者注:梦醒了,即使是梦,也不够圆满;情思"幻灭",就是有所依恋,也无法驱赶愁思。游踪与心迹,一定要联系在一起才有意义。没有纯客观的游踪,也没有凭空产生的感慨。有时你可能无法分别哪些是客观景物,哪些是主观情思,但一定有一个或隐或显的"我"在。细细品味全文,可以看到两条线索的分明推进:一是清晰的游踪,由利涉桥到大中桥外,自夕阳西下到素月依人,表现了完整的游踪,形成明显的时空顺序;二是强烈的情感。从平静到陶醉,转为落入现实的怅惘,情感不断变化,跌宕起伏,难以释怀,余韵缭绕,挥之不去。)

55

1923 年 10 月 11 日作完,于温州

<u>这几天心里颇不宁静。</u>（编者注：文章开头第一句话似乎有些突兀，且下文"颇不宁静"的原因又避而不谈。这不能不引起读者的关注。多年以来，形成一个共识：此句话是文眼。研究者执著于弄明白作者为什么"心里颇不宁静"。综观下来，无外乎两种意见："论世"者强调1927年时局的风云变幻，国共合作的变化似乎对作者有影响；"知人"者，关注其家庭子女负担和有些复杂的婆媳关系，把"颇不宁静"的心情和为人子、为人夫、为人父的家庭角色联系在一起，此说在《儿女》、《给亡妇》中可窥见些许心绪。其实，穷究作者"颇不宁静"的原因容易陷入考据派繁琐牵强的解读中。读好这篇文章，关键不是弄明白作者心烦的原因，而是要理解一名知识分子对待心情、对待自我、对待生活的方式，从中寻找共鸣点，从而有益于自己的人生。）今晚在院子里坐着乘凉，忽然想起日日走过的荷塘，在这满月的光里，总该另有一番样子吧。月亮渐渐地升高了，墙外马路上孩子们的欢笑，已经听不见了；妻在屋里拍着闰儿，迷迷糊糊地哼着

眠歌。我悄悄地披了大衫,带上门出去。

沿着荷塘,是一条曲折的小煤屑路。这是一条幽僻的路;白天也少人走,夜晚更加寂寞。荷塘四面,长着许多树,蓊蓊郁郁的。路的一旁,是些杨柳,和一些不知道名字的树。没有月光的晚上,这路上阴森森的,有些怕人。今晚却很好,虽然月光也还是淡淡的。

路上只我一个人,背着手踱着。这一片天地好像是我的;我也像超出了平常的自己,到了另一世界里。我爱热闹,也爱冷静;爱群居,也爱独处。像今晚上,一个人在这苍茫的月下,什么都可以想,什么都可以不想,便觉是个自由的人。白天里一定要做的事,一定要说的话,现在都可不理。这是独处的妙处,我且受用这无边的荷香月色好了。(编者注:其实,这段文字在文中的分量很重,它尽管没有解答“颇不宁静”的原因,但我们可以约略知道引起心烦的基本问题在哪里:即不够“自由”。“便觉得自己是个自由的人”一句,颇有意味,从社会时局和个人生活上都可以解读,况且对自由的渴望也是人性的永恒追求。另外,此段袒露了作者对群居与独处的个人感受,也是许多人共有的生活态度,当有深深的共鸣。)

欣赏《荷塘月色》,更多的人偏重分析漂亮的写景文字,比较容易忽略这一段作者独白的文字。

寻找灵魂的栖息地

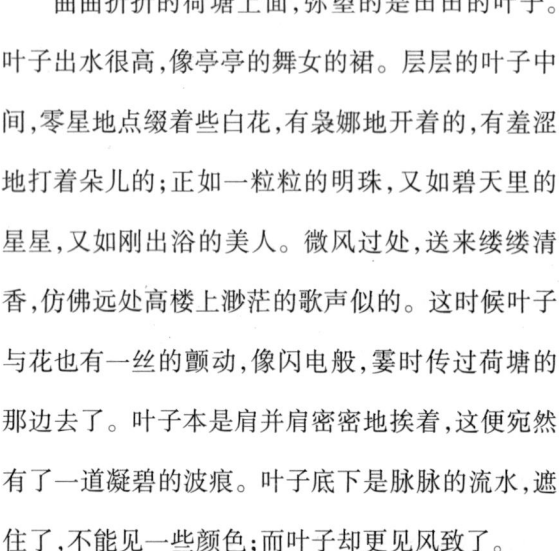

比喻、拟人等修辞手法的运用、词语准确而特别的表达等角度，此处不再赘述。注意两个重要"意象"——荷与月。作者着力描绘的荷与月同样也引起读者的联想：美丽、高洁、充满思念之情。

寻找灵魂的栖息地

58

曲曲折折的荷塘上面，弥望的是田田的叶子。叶子出水很高，像亭亭的舞女的裙。层层的叶子中间，零星地点缀着些白花，有袅娜地开着的，有羞涩地打着朵儿的；正如一粒粒的明珠，又如碧天里的星星，又如刚出浴的美人。微风过处，送来缕缕清香，仿佛远处高楼上渺茫的歌声似的。这时候叶子与花也有一丝的颤动，像闪电般，霎时传过荷塘的那边去了。叶子本是肩并肩密密地挨着，这便宛然有了一道凝碧的波痕。叶子底下是脉脉的流水，遮住了，不能见一些颜色；而叶子却更见风致了。

月光如流水一般，静静地泻在这一片叶子和花上。薄薄的青雾浮起在荷塘里。叶子和花仿佛在牛乳中洗过一样；又像笼着轻纱的梦。虽然是满月，天上却有一层淡淡的云，所以不能朗照；但我以为这恰是到了好处——酣眠固不可少，小睡也别有风味的。月光是隔了树照过来的，高处丛生的灌木，落下参差的斑驳的黑影，峭楞楞如鬼一般；弯弯的杨柳的稀疏的倩影，却又像是画在荷叶上。塘中的月色并不均匀；但光与影有着和谐的旋律，如梵婀玲上奏着的名曲。（编者注：灌木的黑影如鬼一般的比喻寓美于丑，在整篇柔美风格的文字中陡然变化，凸现夜的黑暗阴森。不均匀的月色"如梵婀玲上奏着的名曲"又是一个通感比喻,把视觉的感受转为听觉的想象,引起读者对景物充满音乐性的美好联想。)

　　荷塘的四面,远远近近,高高低低都是树,而杨柳最多。这些树将一片荷塘重重围住;只在小路一旁,漏着几段空隙,像是特为月光留下的。树色一例是阴阴的,乍看像一团烟雾;但杨柳的丰姿,便在烟雾里也辨得出。树梢上隐隐约约的是一带远山,只有些大意罢了。树缝里也漏着一两点路灯光,没精打采的,是渴睡人的眼。这时候最热闹的,要数树上的蝉声与水里的蛙声;但热闹是它们的,我什么也没有。(编者注:这句话是行文很重要的跃动和过渡。荷月世界带来的只是短暂的安宁,打扰作者的似乎是蝉声和蛙声,但蝉蛙何罪,不过本能而已。惊扰作者的恐怕还是作者那不能宁静的心。)

　　忽然想起采莲的事情来了。(编者注:"忽然想起"是作者心灵的又一次挣扎。从现实荷月世界走出的作者又试图沉浸在远古文学的意境中,寻找精神的慰藉和寄托。)采莲是江南的旧俗,似乎很早就有,而六朝时为盛;从诗歌里可以约略知道。采莲的是少年的女子,她们是荡着小船,唱着艳歌去的。采莲人不用说很多,还有看采莲的人。那是一

第4、第5两段分别描写了月光下的荷塘与荷塘上的月光,第六段文字给上两段的景物建构了和谐的背景。作者把眼光投向了荷塘四周,紧扣"月光",写出了朦胧写意之美。

个热闹的季节,也是一个风流的季节。梁元帝《采莲赋》(编者注:梁元帝,名萧绎,南朝梁皇帝,生平著作甚丰,多散佚。《西洲曲》是南朝乐府民歌中最长的抒情诗篇。诗中描写了一位少女从初春到深秋,从现实到梦境,对钟爱之人的苦苦思念,洋溢着浓厚的生活气息和鲜明的感情色彩。)里说得好:

于是妖童媛女,荡舟心许;鹢首徐回,兼传羽杯;棹将移而藻挂,船欲动而萍开。尔其纤腰束素,迁延顾步;夏始春余,叶嫩花初,恐沾裳而浅笑,畏倾船而敛裾。

可见当时嬉游的光景了。这真是有趣的事,可惜我们现在早已无福消受了。

于是又记起《西洲曲》里的句子:

采莲南塘秋,莲花过人头;低头弄莲子,莲子清如水。

今晚若有采莲人,这儿的莲花也算得"过人头"了;只不见一些流水的影子,是不行的。这令我到底惦着江南了。——这样想着,猛一抬头,不觉已是自己的门前;轻轻地推门进去,什么声息也没有,妻已睡熟好久了。(编者注:"悄悄的"带门出去,"轻轻地推门进去";出去时妻子哼着眠歌,进

这两段引用的文字值得推敲。《采莲赋》"嬉游"的光景令作者深感"有趣",但是那不仅是久远的事情,而且也是年轻人的享受,作者有着"无福消受"的惆怅,这是时间的无情;《西洲曲》的怀想勾起的是对南方故园的思念,"这令我到底惦着江南了","到底"是"才下眉头,又上心头"的牵绊,空间的阻隔又平添一重生活的无奈。

家后"妻已睡熟好久了",行文首尾照应,细致周全。似乎一切都没有什么变化,似乎一切都起了变化。现实生活中的朱自清先生夜游荷塘归来依然是那个心里"颇不宁静"的人,但此刻的不宁静是在一番精神畅游之后的不宁静,作者从现实世界走向荷月世界,直至文学作品中的理想世界,又从精神享受的巅峰跌入无法逃避的现实世界,这是一个完整的心路历程,在他的人生中,不是第一次,也不会是最后一次。这样的心路历程不仅属于朱自清,也属于你和我。让我们尽量用自己的心去和作者的心契合,读出一点属于自己的感觉。)

1927 年 7 月,北京清华园

——潭柘寺 戒坛寺

先声夺人。"早就知道"可见名气之大。

早就知道潭柘寺，戒坛寺。在商务印书馆的《北平指南》上，见过潭柘的铜图，小小的一块，模模糊糊的，看了一点没有想去的意思。后来不断地听人说起这两座庙；（编者注：细说如何"早就知道"。第一，地图上见过，但提不起兴趣。第二，不断听人说起，有点兴趣，却又众说纷纭，不知该不该去以及什么时候去。颇有欲扬先抑之意。）有时候说路上不平静，有时候说路上红叶好。说红叶好的劝我秋天去；但也有人劝我夏天去。有一回骑驴上八大处，赶驴的问逛过潭柘没有，我说没有。他说潭柘风景好，那儿满是老道，他去过，离八大处七八十里地，坐轿骑驴都成。我不大喜欢老道的装束，尤其是那满蓄着的长头发，看上去啰里啰唆，龌里龊龊的。更不想骑驴走七八十里地，因为我知道驴子与我都受不了。真打动我的倒是"潭柘寺"这个名字。不懂不是？就是不懂的妙。躲懒的人念成"潭拓寺"，那更莫名其妙了。（编者注：柘（zhè，去声），因为庙后有龙潭，庙前有柘树，俗称"潭柘寺"。据寺志和碑文记载，该寺建于晋代，名嘉福寺,唐代叫龙泉寺,金代叫大万寿寺,明代又复叫嘉福寺,清改名岫云寺。潭柘寺之名,虽系俗称,却名传遐迩。郁达夫《故都的秋》中就提到对"潭柘寺的钟声"的怀念。)这怕是中国文法的花样;要是来个欧化,说是"潭和柘的寺",那就用不着咀嚼或吟味了。还有在一部诗话里看见近人咏戒台松的七古,诗腾挪夭矫,想来松也如此。所以去。但是在夏秋之前的春天,而且是早春;北平的早春是没有花的。(编者注:点出探访的季节,既不是满山红叶的秋天,也不是夏天,而是在连花也没有的早春。不禁让读者心存期待:会看见什么呢?)

这才认真打听去过的人。有的说住潭柘好,有的说住戒坛好。有的人说路太难走,走到了筋疲力尽,再没兴致玩儿;有人说走路有意思。又有人说,去时坐了轿子,半路上前后两个轿夫吵起来,把轿子搁下,直说不抬了。于是心中暗自决定,不坐轿,也不走路;取中道,骑驴子。又按普通说法,总是潭柘寺在前,戒坛寺在后,想着戒坛寺一定远些;于是决定住潭柘,因为一天回不来,必得住。门头沟下车时,想着人多,怕雇不着许多驴,但是并不然——雇驴的时候,才知道戒坛去便宜一半,那就是说近一半。这时候自己忽然逞起能来,要走路。

寻找灵魂的栖息地

63

潭柘寺、戒坛寺的出现真不容易,不仅先声夺人,而且得千呼万唤。作者还得认真打听好才行动。

走吧。（编者注：一连串的"有人说"，作者不厌其烦，絮絮叨叨，看来，两座寺庙不仅知道的人多，而且很不容易去。从行文上看，都在为后文蓄势。）

这一段路可够瞧的。像是河床，怎么也挑不出没有石子的地方，脚底下老是绊来绊去的，教人心烦。又没有树木，甚至于没有一根草。这一带原是煤窑，拉煤的大车往来不绝，尘土里饱和着煤屑，变成黯淡的深灰色，教人看了透不出气来。走一点钟光景。自己觉得已经有点办不了，怕没有走到便筋疲力尽；幸而山上下来一条驴，如获至宝似地雇下，骑上去。这一天东风特别大。平常骑驴就不稳，风一大真是祸不单行。山上东西都有路，很窄，下面是斜坡；本来从西边走，驴夫看风势太猛，将驴拉上东路。就这么着，有一回还几乎让风将驴吹倒；若走西边，没有准儿会驴我同归哪。想起从前人画风雪骑驴图，极是雅事；大概那不是上潭柘寺去的。驴背上照例该有些诗意，但是我，下有驴子，上有帽子眼镜，都要照管；又有迎风下泪的毛病，常要掏手巾擦干。当其时真恨不得生出第三只手来才好。

东边山峰渐起，风是过来了；可是驴也骑不得了，说是坎儿多。坎儿可真多。这时候精神倒好

寻找灵魂的栖息地

64

果真不容易走。
此为一难。

还是骑上了驴。
骑驴也不易。
风大，此又一难。

好一副狼狈的
"书生风中骑驴图"。

连驴也没法骑，坎
儿可真多。再有一难。

起来了:崎岖的路正可以练腰脚,处处要眼到心到脚到,不像平地上。人多更有点竞赛的心理,总想走上最前头去,再则这儿的山势虽然说不上险,可是突兀,丑怪,巉刻的地方有的是。我们说这才有点儿山的意思;(编者注:生活的趣味往往在艰难中。山势险峻让人觉得有点意思,驴夫的幽默快乐也增添了路途的趣味。)老像八大处那样,真教人气闷闷的。于是一直走到潭柘寺后门;这段坎儿路比风里走过的长一半,小驴毫无用处,驴夫说:"咳,这不过给您做个伴儿!"

巉(chan,阳平)刻,山势高险貌。

　墙外先看见竹子,且不想进去。(编者注:潭柘寺终于到了,作者却徘徊墙外不想进去。好在竹子是潭柘寺的第一张名片,这"天外飞来之笔"把作者"请"了进去。)又密,又粗,虽然不够绿。北平看竹子,真不易。又想到八大处了,大悲庵殿前那一溜儿,薄得可怜,细得也可怜,比起这儿,真是小巫见大巫了。进去过一道角门,门旁突然亭亭地矗立着两竿粗竹子,在墙上紧紧地挨着;要用批文章的成语,这两竿竹子足称得起"天外飞来之笔"。

　正殿屋角上两座琉璃瓦的鸱吻,在台阶下看,值得徘徊一下。神话说殿基本是青龙潭,一夕风雨,顿成平地,涌出两鸱吻。只可惜现在的两座太

鸱(chi,阴平)吻,我国古代建筑屋脊上的一种装饰。
　基本,就是地基、根基。

新鲜,与神话的朦胧幽秘的境界不相称。但是还值得看,为的是大得好,在太阳里嫩黄得好,闪亮得好;那拴着的四条黄铜链子也映衬得好。寺里殿很多,层层折折高上去,走起来已经不平凡,每殿大小又不一样,塑像摆设也各出心裁。看完了,还觉得无穷无尽似的。正殿下延清阁是待客的地方,远处群山像屏障似的。屋子结构甚巧,穿来穿去,不知有多少间,好像一所大宅子。可惜尘封不扫,我们住不着。话说回来,这种屋子原也不是预备给我们这么多人挤着住的。寺门前一道深沟,上有石桥;那时没有水,若是现在去,倚在桥上听潺潺的水声,倒也可以忘我忘世。过桥四株马尾松,枝枝覆盖,叶叶交通,另成一个境界。西边小山上有个古观音洞。洞无可看,但上去时在山坡上看潭柘的侧面,宛如仇十洲的《仙山楼阁图》;往下看是陡峭的沟岸,越显得深深无极,潭柘简直有海上蓬莱的意味了。寺以泉水著名,到处有石槽引水长流,倒也涓涓可爱。只是流觞亭雅得那样俗;在石地上刻着蚯蚓般的槽;那样流觞,怕只有孩子们愿意干。现在兰亭的"流觞曲水"也和这儿的一鼻孔出气,不过规模大些。晚上因为带的铺盖薄,冻得睁着眼,却听了一夜的泉声;心里想要不冻着,这泉声够多清

这一段都是正面详写潭柘寺,从正殿到周围的建筑,从殿中到寺外,从寺门到周围群山古洞,可圈可点之处很多,不写这些,前面奔它而来的一路艰难都没有意义。这个千呼万唤始出来的潭柘寺,没有犹抱琵琶半遮面的羞涩,而是在明亮的太阳光下坦坦荡荡的欢迎远道而来的客人,但不是一览无余,而是曲曲折折,十分耐看。

雅啊！寺里并无一个老道，但那几个和尚，满身铜臭，满眼势利，教人老不能忘记，倒也麻烦的。（编者注：据说，寺内有潭柘十景：九龙戏珠，雄峰捧日，千峰拱翠，平原红叶，锦屏雪浪，层峦架月，御亭流杯，殿阁楠薰，万壑堆云，飞泉夜雨。寺内之泉终年潺潺，供养着千名僧众，素有"潭柘以泉胜"之赞许。所以泉水泉声不能不提，只可惜一是人工景物"雅得那样俗"，二是势利的和尚坏了作者的兴致，毕竟是人间，而非仙境，不多说也罢，留给读者怀想吧。）

<u>第二天清早，二十多人满雇了牲口，向戒坛而去，颇有浩浩荡荡之势。</u>我的是一匹骡子，据说稳得多。这是第一回，高高兴兴骑上去。这一路要翻罗喉岭。只是土山，可是道儿窄，又曲折；虽不高，老那么凸凸凹凹的。许多处只容得一匹牲口过去。平心说，是险点儿。想起古来用兵，从间道袭敌人，许也是这种光景吧。

戒坛在半山上，山门是向东的。一进去就觉得平旷；南面只有一道低低的砖栏，下边是一片平原，平原尽处才是山，与众山屏蔽的潭柘气象便不同。进二门，更觉得空阔疏朗，仰看正殿前的平台，仿佛汪洋千顷。这平台东西很长，是戒坛最胜处，眼界

寻找灵魂的栖息地

67

两处景点的游览，作者没有平均用力写，戒坛寺旅途的文字就比前面节省了许多。这是剪裁的心思。因四方僧众多来受戒，故俗称戒坛寺。

与潭柘寺比较，在比较中写戒坛寺的特点。

最宽，教人想起"振衣千仞冈"的诗句。三株名松都在这里。"卧龙松"与"抱塔松"同是偃仆的姿势，身躯奇伟，鳞甲苍然，有飞动之意。"九龙松"老干槎枒，如张牙舞爪一般。若在月光底下，森森然的松影当更有可看。此地最宜低回流连，不是匆匆一览所可领略。潭柘以层折胜，戒坛以开朗胜；但潭柘似乎更幽静些。戒坛的和尚，春风满面，却远胜于潭柘的；我们之中颇有悔不该在潭柘的。（编者注：潭柘寺重点写鸱吻，戒坛寺重点写名松。语言洗练，字字灵动，富有想象力，哪里是写松，简直就是写神灵。潭柘有了鸱吻，戒坛有了名松，朱自清等应不虚此行。）戒坛后山上也有个观音洞。洞宽大而深，大家点了火把嚷嚷闹闹地下去；半里光景的洞满是油烟，满是声音。洞里有石虎，石龟，上天梯，海眼等等，无非是凑凑人的热闹而已。

还是骑骡子。回到长辛店的时候，两条腿几乎不是我的了。（编者注：乘兴而来，尽兴而归，作者知道不需再多说了，辛苦是自然的。就这样，再见！本文颇见作者匠心独运之处。为了这一次的旅途，作者足足用了两个长长的段落详详细细、唠唠叨叨地铺叙，该不该去，什么时候去，还有怎么去……吊足了读者的胃口，先上开胃小菜：潭柘寺旅途的折腾。

作者不依不饶，一定要把两座寺庙的风景比较个透彻。其实，这比较本身就是收获，少了哪一座寺，兴味都会少许多。

在读者胃口大开后,送上了潭柘寺、戒坛寺的正宗美味大餐,唔,的确秀色可餐。当你有这种快感的时候,作者就悄悄告退了,他也要休息了,因为归途中"两条腿几乎不是"他的了。这样的结尾真让人意犹未尽。)

1934 年 8 月 3 日作

寻找灵魂的栖息地

70

威尼斯:意大利东北部城市,亚得里亚海威尼斯湾西北岸重要港口。有"水上都市"之称。

威尼斯(Venice)是一个别致地方。出了火车站,你立刻便会觉得,这里没有汽车,要到哪儿,不是搭小火轮,便是雇"刚朵拉"(Gondola)。大运河穿过威尼斯像反写的 S;这就是大街。另有小河道四百十八条,这些就是小胡同。轮船像公共汽车,在大街上走;"刚朵拉"是一种摇橹的小船,威尼斯所特有,它哪儿都去。威尼斯并非没有桥;三百七十八座,有的是。只要不怕转弯抹角,哪儿都走得到,用不着下河去。可是轮船中人还是很多,"刚朵拉"的买卖也似乎并不坏。(编者注:作者开篇抓住这座城市"别致"的特点,用读者熟悉的城市生活感受体验威尼斯这座城市的特点。大运河相当于"大街",小河道就是"胡同",轮船像"公共汽车",如果读者不熟悉威尼斯水城的特点,通过这形象的类比,很容易产生亲切感。作者这一时期的游记基本上发表在《中学生》杂志上,显然充分考虑了读者对象的特点,尽量浅显易懂,生动形象。)

威尼斯是"海中的城",在意大利半岛的东北角上,是一群小岛,外面一道沙堤隔开亚得里亚海。

在圣马克方场的钟楼上看，团花簇锦似的东一块西一块在绿波里荡漾着。远处是水天相接，一片茫茫。这里没有什么煤烟，天空干干净净；在温和的日光中，一切都像透明的。中国人到此，仿佛在江南的水乡；夏初从欧洲北部来的，在这儿还可看见清清楚楚的春天的背影。海水那么绿，那么釅，会带你到梦中去。

威尼斯不单是明媚，在圣马克方场走走就知道。这个方场南面临着一道运河；场中偏东南便是那可以望远的钟楼。威尼斯最热闹的地方是这儿，最华妙庄严的地方也是这儿。除了西边，围着的都是三百年以上的建筑，东边居中是圣马克堂，却有了八九百年——钟楼便在它的右首。（编者注：上文写了威尼斯的明媚，这是对一座城市最直接最外在的感受。了解一座城市，更要知道它的历史，它的丰富的内涵。作者从威尼斯建筑年代的久远切入，带领读者走进威尼斯文化的幽深处。）再向右是"新衙门"；教堂左首是"老衙门"。这两溜儿楼房的下一层，现在满开了铺子。铺子前面是长廊，一天到晚是来来去去的人。紧接着教堂，直伸向运河去的是公爷府；这个一半属于小方场，另一半便属于运河了。

圣马克堂是方场的主人，建筑在十一世纪，原

寻找灵魂的栖息地

71

卑赞廷也译作拜占庭，就是东罗马帝国（395—1453）。拜占庭式建筑是罗马帝国晚期和近东埃及、叙利亚等地的建筑艺术的结合，特点是中央有大圆顶，内部有金碧辉煌的装饰，多用于教堂建筑。戈昔式，即现在所说的"歌特式"，建筑特点高而灵巧，从宗教文化看，似乎以此让灵魂容易上通于天。

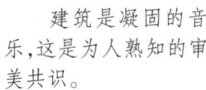

建筑是凝固的音乐，这是为人熟知的审美共识。

是卑赞廷式，以直线为主。十四世纪加上戈昔式的装饰，如尖拱门等；十七世纪又参入文艺复兴期的装饰，如栏杆等。所以庄严华妙，兼而有之；这正是威尼斯人的漂亮劲儿。（编者注：这句京味儿十足的话道出作者对威尼斯这座城市，特别是威尼斯人的赞美和欣赏。建筑是一座城市的名片，透着鲜活的地域文化和历史文化特点，"庄严华妙"，两种风格兼而有之，善于吸纳不同文化为我所用，正是这座城市令人欣赏的开放眼光。）教堂里屋顶与墙壁上满是碎玻璃嵌成的画，大概是真金色的地，蓝色和红色的圣灵像。这些像做得非常肃穆。教堂的地是用大理石铺的，颜色花样种种不同。在那种空阔阴暗的氛围中，你觉得伟丽，也觉得森严。教堂左右那两溜儿楼房，式样各别，并不对称；钟楼高三百二十二英尺，也偏在一边儿。但这两溜房子都是三层，都有许多拱门，恰与教堂的门面与圆顶相称；又都是白石造成，越衬出教堂的金碧辉煌来。教堂右边是向运河去的路，是一个小方场，本来显得空阔些，钟楼恰好填了这个空子。好像我们戏里大将出场，后面一杆旗子总是偏着取势；这方场中的建筑，节奏其实是和谐不过的。（编者注：这段写景文字紧紧把握建筑的布局，犹如把握音乐的节奏，突

出表现建筑的和谐之美。)十八世纪意大利卡那来
陀(Canaletto)一派画家专画威尼斯的建筑,取材于
这方场的很多。德国德莱司敦画院中有几张,真
好。公爷府里有好些名人的壁画和屋顶画,丁陶来
陀(Tindtoretto,十六世纪)的大画《乐园》最著名;但
更重要的是它建筑的价值。运河上有了这所房子,
增加了不少颜色。这全然是戈昔式;动工在九世纪
初,以后屡次遭火,屡次重修,现在的据说还是原来
的式样。(编者注:河流是文化的摇篮,穿越城市
的河流简直就是城市的血脉,英国的莱茵河、法国
的塞纳河、德国的多瑙河……它们的价值不仅仅体
现在保障城市生活运转的功能上,更体现在河流两
岸呈现的文化意义上。几乎所有的河流两岸都在
用建筑诉说着城市的历史,彰显着城市的文化。所
以许多欧洲国家,城市建设的任务不是破旧立新,
而是修旧如旧,用尽量保持历史原貌表达对历史和
传统的最大敬意和尊重。这是值得我们思考和学
习的。)最好看的是它的西南两面;西面斜对着圣马
克方场,南面正在运河上。在运河里看,真像在画
中。它也是三层:下两层是尖拱门,一眼看去,无数
的柱子。最下层的拱门简单疏阔,是载重的样子;
上一层便繁密得多,为装饰之用;最上层却更简单,

一根柱子没有,除了疏疏落落的窗和门之外,都是整块的墙面。墙面上用白的与玫瑰红的大理石砌成素朴的方纹,在日光里鲜明得像少女一般。威尼斯人真不愧着色的能手。这所房子从运河中看,好像在水里。下两层是玲珑的架子,上一层才是屋子;这是很巧的结构,加上那艳而雅的颜色,令人有惝恍迷离之感。府后有太息桥;从前一边是监狱,一边是法院,狱囚提讯须过这里,所以得名。拜伦诗中曾咏此,因而便脍炙人口起来,其实也只是近世的东西。(编者注:拜伦在威尼斯度过了从1816年至1820年四度春秋,他最杰出诗篇的灵感都是在这儿获得的,至今,他的名字还同这座城市最吸引人的两个标志联系在一起——嘉年华和圣拉扎勒斯修道院。)

威尼斯的夜曲是很著名的。夜曲本是一种抒情的曲子,夜晚在人家窗下随便唱。可是运河里也有:晚上在圣马克方场的河边上,看见河中有红绿的纸球灯,便是唱夜曲的船。雇了"刚朵拉"摇过去,靠着那个船停下,船在水中间,两边挨次排着"刚朵拉",在微波里荡着,像是两只翅膀。唱曲的有男有女,围着一张桌子坐,轮到了便站起来唱,旁边有音乐和着。曲词自然是意大利语,意大利的语音据说最纯粹、最清朗。听起来似乎的确斩截些,

作者对威尼斯的介绍注重的是它的文化。除了建筑,音乐也是意大利人的骄傲。

女人的尤其如此——意大利的歌女是出名的。音乐节奏繁密，声情热烈，想来是最流行的"爵士乐"。在微微摇摆地红绿灯球底下，颤着醙醙的歌喉，运河上一片朦胧的夜也似乎透出玫瑰红的样子。（编者注：威尼斯的夜曲在作者听来颇有异域风情。微微摇摆的红绿灯球，是视觉的享受，颤着的歌喉当然是听觉的盛宴，作者自然地用了通感手法，把听歌的感觉转为品尝的感受，"醙醙"是茶与酒才会带来的口感，极言味道之浓郁。）唱完几曲之后，船上有人跨过来，反拿着帽子收钱，多少随意。不愿意听了，还可摇到第二处去。<u>这个略略像当年的秦淮河的光景，但秦淮河却热闹得多</u>。（编者注：还记得当年秦淮河的桨声灯影吗？从夜游秦淮河到欧洲之旅，将近十年过去了，但是荡漾在作者心头的桨声灯影还是那么鲜明强烈。异域的风情撩动了作者的思乡之情，而且在游子的心中，风景仍是家乡独好。美丽的威尼斯的河道夜游不过是"略像"秦淮河的光景，因为秦淮河比它"热闹"多了。作者内心的寂寞就在这不自觉的联想中不经意的流露了。这就是海外游子的游踪心迹。）

从圣马克方场向西北去，有两个教堂在艺术上是很重要的。一个是圣罗珂堂，旁边有一所屋子，

寻找灵魂的栖息地

75

作者对教堂的情有独钟仍是因为"文化",教堂文化中的艺术气息深深吸引了作者,也使得作者乐意介绍给年轻的有旺盛求知欲的读者。

墙上屋顶上满是画;楼上下大小三间屋,共六十二幅画,是丁陶来陀的手笔。屋里暗极,只有早晨看得清楚。丁陶来陀作画时,因地制宜,大部分只粗粗勾勒,利用阴影,教人看了觉得是几经琢磨似的。《十字架》一幅在楼上小屋内,力量最雄厚。佛拉利堂在圣罗珂近旁,有大画家铁沁(Titian,十六世纪)和近代雕刻家卡奴洼(Canova)的纪念碑。卡奴洼的,灵巧,是自己打的样子;铁沁的,宏壮,是十九世纪中叶才完成的。他的《圣处女升天图》挂在神坛后面,那朱红与亮蓝两种颜色鲜明极了,全幅气韵流动,如风行水上。倍里尼(Giovanni Bellini,十五世纪)的《圣母像》,也是他的精品。他们都还有别的画在这个教堂里。

从圣马克方场沿河直向东去,有一处公园;从一八九五年起,每两年在此地开国际艺术展览会一次。今年是第十八届;加入展览的有意、荷、比、西、丹、法、英、奥、苏俄、美、匈、瑞士、波兰等十三国,意大利的东西自然最多,种类繁极了;未来派立体派的图画雕刻,都可见到,还有别的许多新奇的作品,说不出路数。颜色大概鲜明,教人眼睛发亮;建筑也是新式,简洁不啰嗦,痛快之至。苏俄的作品不多,大概是工农生活的表现,兼有沉毅和高兴的调子。他们也用鲜明的颜色,但显然没有很费心思在艺术上,作风老老实实,并不向牛犄角里寻找新奇的玩意儿。(编者注:作者对国际艺术展览会的介绍,侧重的是艺术的审美趣味。对"说不出路数"、"新奇"的艺术形式,作者不仅不排斥,而且还能欣赏表现上的特点。对苏俄(前苏联)的艺术作品,不仅不带偏见,而且非常欣赏他们的"老老实实"的作风,这是颇有意味的。老老实实,不在艺术上"很费心思",这是一种提倡,艺术贵在真实,不要沉迷于技巧。从朱自清先生自己的文学创作中,我们也可以分明感受到这种主张。)

威尼斯的玻璃器皿,刻花皮件,都是名产,以典丽风华胜,缂丝也不错。大理石小雕像,是著名大品的缩本,出于名手的还有味。(编者注:威尼斯让人流连的东西实在很多。在一篇不长的游记中,把一座世界名城介绍给读者并非易事,作者抓住了威尼斯地理特点、文化传统,给读者留下清晰、深刻的印象。)

1932 年 7 月 13 日作

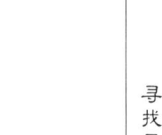

意犹未尽的作者在文章结尾忍不住加上一笔——威尼斯的名特产品。

作者描写景物时特别选用了叠字,"高高下下"、"错错落落",形象地写出"两岸山上布满了旧时的堡垒"的景象,而"残破"与"完好无损"的交错之感,用"斑斑驳驳"也很贴切。

莱茵河(The Rhine)发源于瑞士阿尔卑斯山中,穿过德国东部,流入北海,长约二千五百里。分上中下三部分。从马恩斯(Mayence, Mains)到哥龙(Cologne)算是"中莱茵";游莱茵河的都走这一段儿。天然风景并不异乎寻常地好;古迹可异乎寻常地多。<u>尤其是马恩斯与考勒伦兹(Koblenz)之间,两岸山上布满了旧时的堡垒,高高下下的,错错落落的,斑斑驳驳的:有些已经残破,有些还完好无恙。</u>(编者注:莱茵河发源于瑞士境内的阿尔卑斯山,流经德国注入北海,沿途的列支敦士登、奥地利、法国和荷兰都留下了它的足迹。哥龙,现在一般译为科隆;马恩斯现在一般译为美因茨。莱茵河流经德国的部分长865公里,流域面积占德国总面积的40%,是德国的摇篮。从科隆到美因茨的近200公里的河段是莱茵河景色最美的一段,这里河道蜿蜒曲折,河水清澈见底。作者选取这一段写莱茵河,独具慧眼。)这中间住过英雄,住过盗贼,或据险自豪,或纵横驰骤,也曾热闹过一番。现在却无精打采,任凭日晒风吹,一声儿不响。坐在轮船上两边看，那些古色古香各种各样的堡垒历历的从眼前过去；仿佛自己已经跳出了这个时代而在那些堡垒里过着无拘无束的日子。游这一段儿，火车却不如轮船，朝日不如残阳，晴天不如阴天，阴天不如月夜——月夜，再加上几点儿萤火，一闪一闪的在寻觅荒草里的幽灵似的。最好还得爬上山去，在堡垒内外徘徊徘徊。（编者注：在《欧游杂记》中，作者为了向中学生介绍更多的知识概况，往往舍弃了自己最擅长的叙述、描写与抒情方式，在追求准确、浅显的表达效果时，可能会失去特有的灵性。这一段文字，是作者不经意间流露出来的华彩，让我们联想到《荷塘月色》中漫步踱向荷塘的内心独白。残阳、阴天、月夜，甚至火车，在对比中凸现阴柔之美。作者的感受是对的。在莱茵河上，需要的是一种怀古的缠绵，所以，"徘徊"是不可缺少的游览境界。）

这一带不但史迹多，传说也多。最凄艳的自然是脍炙人口的声闻岩头的仙女子。声闻岩在河东岸，高四百三十英尺，一大片暗淡的悬岩，嶙嶙峋峋的；河到岩南，向东拐个小湾，这里有顶大的回声，岩因此得名。相传往日岩头有个仙女美极，

寻找灵魂的栖息地

79

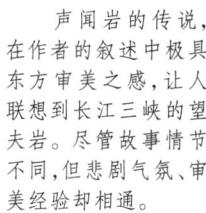
声闻岩的传说，在作者的叙述中极具东方审美之感，让人联想到长江三峡的望夫岩。尽管故事情节不同，但悲剧气氛、审美经验却相通。

终日歌唱不绝。一个船夫傍晚行船,走过岩下。听见她的歌声,仰头一看,不觉忘其所以,连船带人都撞碎在岩上。后来又死了一位伯爵的儿子。这可闯下大祸来了。伯爵派兵遣将,给儿子报仇。他们打算捉住她,锁起来,从岩顶直摔下河里去。但是她不愿死在他们手里,她呼唤莱茵母亲来接她;河里果然白浪翻腾,她便跳到浪里。从此声闻岩下听不见歌声,看不见倩影,只剩晚霞在岩头明灭。德国大诗人海涅有诗咏此事;此事传播之广,这篇诗也有关系的。(编者注:文学翻译是一门专业性很强的学问。把海涅的诗用中国古典诗歌整饬的句式呈现,是文学翻译过程中的再创作,为的是符合中国读者的审美习惯。在20世纪前半叶老一代翻译家的作品中屡见不鲜。)友人淦克超先生曾译第一章云:

> 传闻旧低回,我心何悒悒。
>
> 两峰隐夕阳,莱茵流不息。
>
> 峰际一美人,粲然金发明,
>
> 清歌时一曲,余音响入云。
>
> 凝听复凝望,舟子忘所向,
>
> 怪石耿中流,人与舟俱丧。

这座岩现在是已穿了隧道通火车了。

哥龙在莱茵河西岸,是莱茵区最大的城,在全德国数第三。从甲板上看教堂的钟楼与尖塔这儿那儿都是的。<u>虽然多么繁华一座商业城,却不大有俗尘扑到脸上</u>。英国诗人柯勒列治说:

人知莱茵河,洗净哥龙市;

水仙你告我,今有何神力,

洗净莱茵水?

那些楼与塔镇压着尘土,不让飞扬起来,与莱茵河的洗刷是异曲同工的。哥龙的大教堂是哥龙的荣耀;单凭这个,哥龙便不死了。(编者注:一座城市因为一座教堂而"荣耀",甚至因此"便死不了",这座教堂在这座城市中的地位可想而知,科隆大教堂是科隆的标志性建筑,是这座古老而现代城市的名片,已被列入《世界遗产名录》。)这是戈昔式,是世界上最宏大的戈昔式教堂之一。建筑在一二四八年,到一八八零年才全部落成。欧洲教堂往往如此,大约总是钱不够之故。教堂门墙伟丽,尖拱和直棱,特意繁密,又雕了些小花,小动物,和《圣经》人物,零星点缀着;近前细看,其精工真令人惊叹。门墙上两尖塔,高五百一十五英尺,直入云霄。戈昔式要的是高而灵巧,让灵魂容易上通于天。这也是月光里看好。淡蓝的天

我们可以注意到,作者对一座城市的感受,关注的不仅是城市的环境、建筑等有形的东西,还有无形的城市的气息,这就是对城市文化的关注。商业城市却少有"俗尘"扑面,原因何在?让我们跟着作者往下看。

寻找灵魂的栖息地

81

干干净净的，只有两条尖尖的影子映在上面；像是入天仅有的通路，又像是人类祈祷的一双胳膊。森严肃穆，不说一字，抵得千言万语。教堂里非常宽大，顶高一百六十英尺。大石柱一行行的，高的一百四十八英尺，低的也六十英尺，都可合抱；<u>在里面走，就像在大森林里，和世界隔绝。</u>（编者注：科隆大教堂在作者的眼中，在作者的笔下是有生命的，它简直就是一个充满宗教虔诚的大写的人。这种描写需要想象力，更需要对莱茵河畔这座城市文化背景的深入了解。到这里，我们可以得到这座城市没有"俗尘"的原因：浓郁的宗教文化给这座城市带来宁静、庄严和丰富。）尖塔可以上去，玲珑剔透，有凌云之势。塔下通回廊。廊中向下看教堂里，觉得别人小得可怜，自己高得可怪，真是颠倒梦想。（编者注：作者在《欧游杂记》中强调"以记述景物为主，极少说到自己"，但是，好的游记或隐或显总要有一双眼睛带着读者看风景，总要有一颗心带着作者感受风景背后的文化。在以客观景物叙述描写为主的风格中，作者的主观情感色彩还是无法压制地宣泄出来，这是城市魅力所致。《莱茵河》在《欧游杂记》中篇幅不长，

笔墨相当集中,就是写了一条河的一段,而这一段是经过精心选择的。借助作者的文字,我们可以感受到中莱茵的确是莱茵河最美丽的一段。)

1933 年 3 月 14 日作

——文人宅

开篇说中国文人宅荡然无存,主要是与后文介绍英国保存完好的文人宅形成对比。

寻找灵魂的栖息地

84

杜甫《最能行》云:"若道士无英俊才,何得山有屈原宅?"《水经注》,秭归"县北一百六十里有屈原故宅,累石为屋基。"看来只是一堆烂石头,杜甫不过说得嘴响罢了。但代远年湮,渺茫也是当然。往近里说,《孽海花》上的"李纯客"就是李慈铭,书里记着他自撰的楹联,上句云"保安寺街藏书一万卷";但现在走过北平保安寺街的人,谁知道哪一所屋子是他住过的?更不用提屋子里怎么个情形,他住着时怎么个情形了。要凭吊,要流连,只好在街上站一会儿出出神而已。(编者注:安史之乱时杜甫漂泊在三峡夔州附近,除了描绘夔州山川风物的佳作外,还写了大量反映夔州一带劳动人民生活的诗篇。杜甫还向侮辱三峡男子的偏见者发出正义的质问:"若道士无英俊才,何得山有屈原宅?"字里行间,倾注了诗人与人民同甘共苦,血肉相连的深厚感情。李慈铭(1830—1894),近代学者、文学家,号莼客。浙江会稽(今绍兴)人。一生仕途不得意,治经学、史学,都有一定成就,有诗文作品传世。)

西方人崇拜英雄可真当回事儿,名人故宅往往保存得好。譬如莎士比亚吧,老宅子,新宅子,太太老太太宅子,都好好的,连家具什物都存着。莎士比亚也许特别些,就是别人,若有故宅可认的话,至少也在墙上用木牌标明,让访古者有低回之处;无论宅里住着人或已经改了铺子。这回在伦敦所见的四文人宅,时代近,宅内情形比莎士比亚的还好;四所宅子大概都由私人捐款收买,布置起来,再交给公家的。(编者注:总括介绍四所文人宅的状况和保存完好的原因。欧洲许多国家非常注重保护传统文化,不论是私人出资,还是政府掏钱,都可以看出历史文化在他们心目中的分量。)

约翰生博士(Samuel Johnson,1709—1784)宅,在旧城,是三层楼房,在一个小方场的一角上,静静的。他一七四八年进宅,直住了十一年;他太太死在这里。他的助手就在三层楼上小屋里编成了他那部大字典。那部寓言小说(allegorical novel)《刺塞拉斯》(Rasselas)大概也在这屋子里写成;是晚上写的,只写了一礼拜,为的要付母亲下葬的费用。(编者注:塞缪尔·约翰生在文坛以诗歌散文和《英文词典》享有盛名,在这所房子里写出了生前见到的自己最受欢迎的一本小说《拉赛拉斯》

寻找灵魂的栖息地

（*Rasselas*，中文翻译为《幸福谷——拉赛拉斯王子的故事》），可生活始终寡淡贫乏。）屋里各处，如门堂，复壁板，楼梯，碗橱，厨房等，无不古气盎然。那著名的大字典陈列在楼下客室里；是第三版，厚厚的两大册。他编著这部字典，意在保全英语的纯粹，并确定字义；因为当时作家采用法国字的实在太多了。字典中所定字义有些很幽默：如"女诗人，母诗人也"（she—poet，盖准 she—goat——母山羊——字例），又如"燕麦，谷之一种，英格兰以饲马，而苏格兰则以为民食也"，都够损的。——伦敦约翰生社便用这宅子做会所。

济兹（John keats，1795—1821）宅，在市北汉姆司台德区（Hampstead）。他生卒虽然都不在这屋子里，可是在这儿住，在这儿恋爱，在这儿受人攻击，在这儿写下不朽的诗歌。那时汉姆司台德区还是乡下，以风景著名，不像现时人烟稠密。济兹和他的朋友布朗（Charles Armitage Brown）同住。屋后是个大花园，绿草繁花，静如隔世；中间一棵老梅树，一九二一年干死了，干子还在。据布朗的追记，济兹《夜莺歌》似乎就在这棵树下写成。布朗说，"一八一九年春天，有只夜莺做窠在这屋子近处。济兹常静听它歌唱以自怡悦；一天早晨吃完早饭，他端

济兹，现在多译为济慈，英国"湖畔派"浪漫主义诗人，与雪莱、拜伦、华兹华斯都是浪漫主义的杰出代表。他在短促的一生中留下不少著名的诗篇，如颂诗中的《夜莺颂》（即文中的《夜莺歌》）、《秋颂》等。

起一张椅子坐到草地上梅树下，直坐了两三点钟。进屋子的时候，见他拿着几张纸片儿，塞向书后面去。问他，才知道是歌咏我们的夜莺之作。"这里说的梅树，也许就是花园里那一棵。但是屋前还有草地，地上也是一棵三百岁老桑树，枝叶扶疏，至今结桑葚；有人想《夜莺歌》也许在这棵树下写的。济兹的好诗在这宅子里写的最多。

他们隔壁住过一家姓布龙（Brawne）的。有位小姐叫凡耐（Fanny），让济兹爱上了，他俩订了婚，他的朋友颇有人不以为然，为的女的配不上；可是女家也大不乐意，为的济兹身体弱，又像疯疯癫癫的。济兹自己写小姐道："她个儿和我差不多——长长的脸蛋儿——多愁善感——头梳得好——鼻子不坏，就是有点小毛病——嘴有坏处有好处——脸侧面看好，正面看，又瘦又少血色，像没有骨头。身架苗条，姿态如之——胳膊好，手差点儿——脚还可以——她不止十七岁，可是天真烂漫——举动奇奇怪怪的，到处跳跳蹦蹦，给人编诨名，近来愣叫我'自美自的女孩子'——我想这并非生性坏，不过爱闹一点漂亮劲儿罢了。"

一八二〇年二月，济兹从外面回来，吐了一口血。他母亲和三弟都死在痨病上，他也是个痨病底

很难想象这是一位浪漫主义诗人对自己心爱的人的描述，文字质朴，没有任何表达技巧，甚至让人觉得琐碎，也许就是这种质朴劲儿，透出诗人对心上人的喜爱、包容和充分理解。

痨病，结核病的俗称，有传染性。济慈患的是肺结核。在抗生素没有发明之前，结核病很难治愈。

子；从此便一天坏似一天。这一年九月，他的朋友赛焚(Joseph Severn)伴他上罗马去养病，<u>次年二月就死在那里，葬新教坟场，才二十六岁</u>。现在这屋子里陈列着一圈头发，大约是赛焚在他死后从他头上剪下来的。又次年，赛焚向人谈起，说他保存着可怜的济兹一点头发，等个朋友捎回英国去；他说他有个怪想头，想照他的希腊琴的样子做根别针，就用济兹头发当弦子，送给可怜的布龙小姐，只恨找不到这样的手艺人。济兹头发的颜色在各人眼里不大一样：有的说赤褐色，有的说棕色，有的说暖棕色，他二弟两口子说是金红色，赛焚追画他的像，却又画作深厚的棕黄色。布龙小姐的头发，这儿也有一并存着。

他俩订婚戒指也在这儿，镶着一块红宝石。还有一册仿四折本《莎士比亚》，是济兹常用的。他对于莎士比亚，下过一番苦工夫；书中页边行里都画着道儿，也有些精湛的评语。（编者注：从这里可以看出济慈良好的读书习惯。阅读过程中的批注往往是读者和作者心灵交汇共振的产物；当然，批注也可是读者理性思考、有感于生活等思想情感自然的流露。留下批注，往往也就定格了一个难忘的阅读过程。）空白处亲笔写着他见密尔顿发和独坐

济慈给自己设计的墓志铭是："这里安息着一个把名字写在水上的人。"

寻找灵魂的栖息地

88

重读《李尔王》剧作两首诗;书名页上记着:"给布龙凡耐,一八二〇",照年份看,准是上意大利去时送了作纪念的。珂罗版印的《夜莺歌》墨迹,有一份在这儿,另有哈代《汉姆司台德宅作》一诗手稿,是哈代夫人捐赠的,宅中出售影印本。济兹书法以秀丽胜,哈代的以苍老胜。

这屋子保存下来却并不易。一九二一年,业主想出售,由人翻盖招租,地段好,脱手一定快的;本区市长知道了,赶紧组织委员会募款一万镑。款还募得不多,投机的建筑公司已经争先向业主讲价钱。在这千钧一发的当儿,亏得市长和本区四委员迅速行动,用私人名义担保付款,才得挽回危局。后来共收到捐款四千六百五十镑(约合七八万元),多一半是美国人捐的;那时正当大战之后,为这件事在英国募款是不容易的。

加莱尔(Thomas Carlyle,1795—1881)宅,在泰晤士河旁乞而西区(Chelsea);这一区至今是文人艺士荟萃之处。加莱尔是维多利亚时代初期的散文家,当时号为"乞而西圣人"。(编者注:现在多译为托马斯·卡莱尔,苏格兰的散文家和历史学家,作品中常常有一些至理名言,至今为人们津津乐道。如"思想是人类行为之本,感情是人类思想

济慈故居的保存就是一个很好的保护传统文化的例子。

寻找灵魂的栖息地

89

的起源;而决定人类身躯和存在的乃是人类无形的精神世界"、"未哭过长夜的人,不足以语人生"、"世界上最神秘的莫过于时间,那个无始无终、无声无息和永不停止的东西,叫做时间。它像包容一切的无际海潮,人们和整个宇宙好似漂泊海潮上的薄雾,像幽灵那般时隐时现"。)一八三四年住到这宅子里,一直到死。书房在三层楼上,他最后一本书《弗来德力大帝传》就在这儿写的。这间房前面临街,后面是小园子;他让前后都砌上夹墙,为的怕那街上的嚣声,园中的鸡叫。他著书时坐的椅子还在;还有一件呢浴衣。据说他最爱穿浴衣,有不少件;苏格兰国家画院所藏他的画像,便穿着灰呢浴衣,坐在沙发上读书,自有一番宽舒的气象。画中读书用的架子还可看见。宅里存着他几封信,女司事愿意念给访问的人听,朗朗有味。二楼加莱尔夫人屋里放着架小屏,上面横的竖的斜的正的贴满了世界各处风景和人物的画片。

迭更斯(Charles Dickens,1812—1870)宅,在"西头",现在是热闹地方。迭更斯出身贫贱,熟悉下流社会情形;他小说里写这种情形,最是酣畅淋漓之至。这使他成为"本世纪最通俗的小说家,又,英国大幽默家之一",如他的老友浮斯大(John For-

寻找灵魂的栖息地

迭更斯现在一般译为狄更斯,是中国读者比较熟悉的英国作家。《雾都孤儿》、《老古玩店》、《大卫·科波菲尔》、《双城记》等都是他的代表作。《比克维克秘记》现在一般译为《匹克威克外传》。

ster)给他做的传开端所说。他一八三六年动手写
《比克维克秘记》(*Pickwick Papers*),在月刊上发表。
起初是绅士比克维克等行猎故事,不甚为世所重;
后来仆人山姆(Sam Weller)出现,诙谐嘲讽,百变
不穷,那月刊顿时风行起来。迭更斯手头渐宽,这
才迁入这宅子里,时在一八三七年。

他在这里写完了《比克维克秘记》,就是这一
年印成单行本。他算是一举成名,从此直到他死
时,三十四年间,总是蒸蒸日上。来这屋子不多日
子,他借了一个饭店举行《秘记》发表周年纪念,又
举行他夫妇结婚周年纪念。住了约莫两年,又写成
《块肉余生述》、《滑稽外史》等。这其间生了两个
女儿,房子挤不下了;一八三九年终,他便搬到别处
去了。

屋子里最热闹的是画,画着他小说中的人物,
墙上大大小小,突梯滑稽,满是的。所以一屋子春
气。他的人物虽只是类型,不免奇幻荒唐之处,可
是有真味,有人味;因此这么让人欢喜赞叹。(编者
注:这是很有创意的一种房屋装潢设计,充满了文
化气息,也表现了狄更斯作品的生命力。作者用了
很有诗意的一个词——"春气"来表达这种效果,
再合适不过了。尽管本文作者不着力于文艺评论,

寻找灵魂的栖息地

《块肉余生述》即
《大卫·考波菲尔》,
最早由我国近代著名
翻译家林琴南先生翻
译。

但是，对狄更斯小说人物的把握非常准确，"真味"与"人味"分别指出狄更斯小说人物的真实性和丰富性，这是小说人物塑造非常重要的原则。）屋子下层一间厨房，所谓"丁来谷厨房"，道地老式英国厨房，是特地布置起来的——"丁来谷"是比克维克一行下乡时寄住的地方。厨房架子上摆着带釉陶器，也都画着迭更斯的人物。这宅里还存着他的手杖，头发；一朵玫瑰花，是从他尸身上取下来的；一块小窗户，是他十一岁时住的楼顶小屋里的；一张书桌，他带到美洲去过，临死时给了二女儿，现时罩着紫色天鹅绒，蛮伶俐的。此外有他从这屋子寄出的两封信，算回了老家。

这四所宅子里的东西，多半是人家捐赠；有些是特地买了送来的。也有借得来陈列的。管事的人总是在留意搜寻着，颇为苦心热肠。经常用费大部靠基金和门票、指南等余利；但门票卖的并不多，指南照顾的更少，大约维持也不大容易。

格雷（Thomas Gray，1716—1771）以《挽歌辞》（*Elegy Written in a Country Churchyard*）著名。原题中所云"作于乡村教堂墓地中"，指司妥克波忌士（Stoke Poges）的教堂而言。诗作于一七四二格雷二十五岁时，成于一七五〇年，当时诗人怀古之

情,死生之感,亲近自然之意,诗中都委婉达出,而句律精妙,音节谐美,批评家以为最足代表英国诗,称为诗中之诗。(编者注:作者对格雷诗作的评价用语精炼,颇得中国古典诗词评论之精妙。格雷《墓铭》的开头这样写道:这里边,高枕地膝,是一位青年,/生平从不曾受知于"富贵"和"名声";/"知识"可没轻视他出身的微贱,/"清愁"把他标出来认作宠幸。(卞之林译)朱自清先生的评价是否可以从中体味一二?诗出后,风靡一时,诵读模拟,遍于欧洲各国;历来引用极多,至今已成为英美文学教育的一部分。司妥克波忌士在伦敦西南,从那著名的温泽堡(Windsor Castle)去是很近的。四月一个下午,微雨之后,我们到了那里。一路幽静,似乎鸟声也不大听见。拐了一个小弯儿,眼前一片平铺的碧草,点缀着稀疏的墓碑;教堂木然孤立,像戏台上布景似的。小路旁一所小屋子,门口有小木牌写着格雷陈列室之类。出来一位白发老人,殷勤地引我们去看格雷墓,长方形,特别大,是和他母亲、姨母合葬的,紧挨着教堂墙下。又看水松树(yew tree),老人说格雷在那树下写《挽歌辞》来着;《挽歌辞》里提到水松树,倒是确实的。我们又兜了个大圈子,才回到小屋

这是集中写景的一段文字,有叙述,有描写,作者笔力主要放在游览者心情和景点气氛的渲染上,心情和气氛都充满宁静之感。

93

这是一个意蕴深长的结尾。

里,看《挽歌辞》真迹的影印本。还有几件和格雷关系很疏的旧东西。屋后有井,老人自己汲水灌园,让我们想起"灌园叟"来;临别他送我们每人一张教堂影片。(编者注:这位"白发老人"让作者想起中国传统文化中的"灌园叟",不禁让人浮想联翩。《灌园叟晚逢仙女》(冯梦龙《醒世恒言》)中灌园叟奇异而美好的经历,寄托了人们对善良的称颂,对美好的期盼,有着诗一样的境界。而作者在异国他乡的土地上,在朝拜文人骚客故居的途路上感受到了生活的诗意,这样的游览所得实在是珍贵。在这个意义上,中外文化的精髓是相同的。)

1935 年 3 月 21—23 日作

1. 可参照阅读俞平伯同题文章《桨声灯影里的秦淮河》，比较作者生活感受的异同。

2. 参照阅读《踪迹》、《欧游杂记》、《伦敦杂记》(朱自清)，获得更完整的阅读印象。

3. 比较阅读余秋雨《文化苦旅》等当代文化散文，领略对旅途生活的不同呈现方式，感受现代白话散文的发展变化。

寻找灵魂的栖息地

第三单元 / 仁者的感喟

　　你我认识的朱自清先生,往往是在荷塘月色下踱着方步的背影,也可能是桨声灯影里的秦淮河上与友人唱和的扬州书生,是的,这些都属于他,但只有这些,还不是完整的朱自清。你能够读出那个吟诵着新诗走上文坛的年轻人对人生匆匆的焦虑吗?你能够理解一个多子女的年轻的父亲为何从社会发展的角度思考父母的责任吗?你可以想象一个再善良温和不过的人在屠刀面前的金刚怒目吗?你也许很想知道他怎样看待青年,他怎样辨识气节……读读他的另一些文章吧。因为有着大爱,所以有着大的苦痛和忧患,老实人说老实话,一位仁者的人生感喟,对我们的人生也是有益的。

寻找灵魂的栖息地

98

新奇的比喻,极度的夸张,渲染极度惊恐的感觉。

太阳也是高度拟人化了,和作者玩起了捉迷藏。

　　燕子去了,有再来的时候;杨柳枯了,有再青的时候;桃花谢了,有再开的时候。但是,聪明的,你告诉我,我们的日子为什么一去不复返呢? ——是有人偷了他们罢:那是谁? 又藏在何处呢? 是他们自己逃走了罢:现在又到了哪里呢?(编者注:诗人犹如画家,寥寥几笔就勾勒一个淡淡的画面。这画面里现出的大自然的荣枯,正是时间飞逝的痕迹,由此诗人开始追寻自己日子的行踪。)

　　我不知道他们给了我多少日子;但我的手确乎是渐渐空虚了。在默默里算着,八千多日子已经从我手中溜去;像针尖上一滴水滴在大海里,我的日子滴在时间的流里,没有声音,也没有影子。我不禁头涔涔而泪潸潸了。(编者注:"涔涔",本指泪落不止的样子,这里形容因惊觉而汗如雨下的样子。"潸潸",流泪的样子。)

　　去的尽管去了,来的尽管来着;去来的中间,又怎样地匆匆呢? 早上我起来的时候,小屋里射进两三方斜斜的太阳。太阳他有脚啊,轻轻悄悄地挪移了;我也茫茫然跟着旋转。于是——洗手的时候,日子从水盆里过去;吃饭的时候,日子从饭碗里过去;默默时,便从凝然的双眼前过去。我觉察他去的匆匆了,伸出手遮挽时,他又从遮挽着的手边过去,天黑时,我躺在床上,他便伶伶俐俐地从我身上跨过,从我脚边飞去了。等我睁开眼和太阳再见,这算又溜走了一日。我掩着面叹息。但是新来的日子的影儿又开始在叹息里闪过了。(编者注:从早到晚,日子在匆匆中溜走,这层意思再明了不过,但是这段文字带给我们许多惊讶:惊讶作者感觉的敏锐细致,把无所不在的时光流逝表达得如此令人叹息;惊讶于如此沉重的慨叹何以出自一位年轻人之口,八千多个日子固然不算少,但相对于后面的人生,似乎应该有足够他"挥霍"的日子。)

在逃去如飞的日子里,在千门万户的世界里的我能做些什么呢? 只有徘徊罢了,只有匆匆罢了;在八千多日的匆匆里,除徘徊外,又剩些什么呢? 过去的日子如轻烟,被微风吹散了,如薄雾,被初阳蒸融了;我留着些什么痕迹呢? 我何曾留着像游丝样的痕迹呢? 我赤裸裸来到这世界,转眼间也将赤裸裸的回去吧? 但不能平的,为什么偏要白白走这一遭啊? (编者注:全段都是问句。所有的问话都指向自己的灵魂,他在拷问自己生命的价值和意

义。年轻的作者在《毁灭》一诗中曾寻求精神涅槃，决心"一步一步踏在泥土上，打下深深的脚印"，可是，现实世界却让他不断产生幻灭感，不是因为无聊，而是家庭、时代都使他感到深深的重压。)

你聪明的，告诉我，我们的日子为什么一去不复返呢?(编者注:时间一去不复返是自然现象，作者不是不清楚，可是他仍然执拗地追问，不肯罢休，实际上反映的他的不甘心，他不甘沉沦的挣扎，也是自我救赎的一种方式。这篇文章可以浅读，小学生可以在如诗般的语句中读出珍惜时光的意思;更可以深悟，成年人可以读出人生的感伤、焦灼与挣扎。但是，朱自清就是朱自清，他知道用怎样灵动的文字包裹不安的灵魂，即使不安，也不会疯狂，只能用歌吟般的笔调抒写生命的静思，让激流在平静的海面下涌动，让泪水挂在微笑的脸上……)

1922 年 3 月 28 日

——父母的责任

（编者注：选读这篇文章主要源于两个思考：一是在此文发表将近一个世纪之后，作者讨论的话题是否已经过时；二是回望上个世纪初以作者为代表的一批知识分子的思想认识，现在的读者该用怎样批判的眼光解读。需要提及的是，早在这篇文章发表4年前，鲁迅先生在《新青年》上发表了《我们现在怎样做父亲》，他们不约而同地思考着一个人生重大问题。）

在很古的时候，做父母的对于子女，是不知道有什么责任的。那时的父母以为生育这件事是一种魔术，由于精灵的作用；而不知却是他们自己的力量。所以那时实是连"父母"的观念也很模糊的；更不用说什么责任了！（哈蒲浩司曾说过这样的话）他们待遇子女的态度和方法，推想起来，不外根据于天然的爱和传统的迷信这两种基础；没有自觉的标准，是可以断言的。后来人知进步，精灵崇拜的思想，慢慢的消除了；一班做父母的便明白子女只是性交的结果，并无神怪可言。但子女对父母的关系如何呢？父母对子女的责任如何呢？那些

代表说法是"不孝有三，无后为大"，语见《孟子·离娄》。

寻找灵魂的栖息地

101

据汉代赵岐注："于礼有不孝者三事，谓阿腴曲从，陷亲不义，一不孝也；家穷亲老，不为禄仕，二不孝也；不娶无子，绝先祖祀，三不孝也。三者之中，无后为大。"

当仁不让的父母便渐渐的有了种种主张了。且只就中国论，从孟子时候直到现在，所谓正统的思想，大概是这样说的：儿子是延续宗祀的，便是儿子为父母，父母的父母，……而生存。父母要教养儿子成人，成为肖子——小之要能挣钱养家，大之要能光宗耀祖。但在现在，第二个条件似乎更加重要了。另有给儿子娶妻，也是父母重大的责任——不是对于儿子的责任，是对于他们的先人和他们自己的责任；因为娶媳妇的第一目的，便是延续宗祀！至于女儿，大家都不重视，甚至厌恶的也有。卖她为妓，为妾，为婢，寄养她于别人家，作为别人家的女儿；送她到育婴堂里，都是寻常而不要紧的事；至于看她作"赔钱货"，那是更普通了！（编者注：非常可贵的是，在上个世纪二十年代，作者能用理性、尊重和博爱的思想思考女性的家庭地位和社会地位。作者从家庭、父母在传统思想影响下对女儿的态度出发，切实分析了中国社会产生"男尊女卑"现象的文化心理。）在这样情势之下，父母对于女儿，几无责任可言！普通只是生了便养着；大了跟着母亲学些针黹，家事，等着嫁人。这些都没有一定的责任，都只由父母"随意为之"。只有嫁人，父母却要负些责任，但也颇轻微的。在这些时候，父母对儿子总算有了显明的责任,对女儿也算有了些责任。但都是从子女出生后起算的。至于出生前的责任,却是没有,大家似乎也不曾想到——向他们说起,只怕还要吃惊哩! 在他们模糊的心里,大约只有"生儿子"、"多生儿子"两件,是在子女出生前希望的——却不是责任。虽然那些已过三十岁而没有生儿子的人,便去纳妾,吃补药,千方百计的想生儿子,但究竟也不能算是责任。所以这些做父母的生育子女,只是糊里糊涂给了他们一条生命!(编者注:以上指出自古以来为人父母者缺乏责任意识的现象,为后文写积重难返作了铺垫。)因此,无论何人,都有任意生育子女的权利。

近代生物科学及人生科学的发展,使"人的研究"日益精进。"人的责任"的见解,因而起了多少的变化,对于"父母的责任"的见解,更有重大的改正。(编者注:特别要指出的是,作者讨论父母责任的理论基础是以自然科学和社会科学的不断发展为基础的。从后文看,主要是进化论的提出和在进化论基础上优生学的出现。)从生物科学里,我们知道子女非为父母而生存;反之,父母却大部分是为子女而生存! 与其说"延续宗祀",不如说"延续生命"和"延续生命"的天然的要求相关联的,又有

延续宗祀的目的是向后看,给过去的祖先一个交代;"延续生命"、"扩大或发展生命"是向前看,给未来注入希望。作者在语言表达上准确而有内涵。

"扩大或发展生命"的要求,这却从前被习俗或礼教埋没了的,于今又抬起头来了。所以,现在的父母不应再将子女硬安在自己的型里,叫他们做"肖子",应该让他们有充足的力量,去自由发展,成功超越自己的人!(编者注:肖者,像也。"肖子"的原初含义就是像自己的父辈、祖辈。理性地看待这种情况,在剥离了"肖"字中合理的孝顺父母的意义后,我们会发现,只要仔细体味深一层意义,这种忽视发展,只求代代相似的观念是多么的可怕。作者鲜明大胆地提出要让孩子"自由发展","成功超越"父母,在当时是需要勇气的。)至于子与女的应受平等待遇,由性的研究的人生科学所说明,以及现实生活所昭示,更其是显然了。这时的父母负了新科学所指定的责任,便不能像从前的随便。他们得知生育子女一面虽是个人的权利,一面更为重要的,却又是社会的服务,因而对于生育的事,以及相随的教养的事,便当负着社会的责任;不应该将子女只看作自己的后嗣而教养他们,应该将他们看作社会的后一代而教养他们!这样,女儿随意怎样待遇都可,和为家族与自己的利益而教养儿子的事,都该被抗议了。这种见解成为风气以后,将形成一种新道德:"做父母是'人的'最高尚、最神圣的义务和权利,又是最重大的服务社会的机会!"(编者注:把父母的责任定位为服务社会,需要开阔的眼界和胸襟。作者用了"最高尚"和"最神圣"来赞美父母的社会责任感,同时又很理性地告诉读者,抚育孩子的社会责任是权利,更是义务。)因此,做父母便不是一件轻率的、容易的事;人们在做父母以前,便不得不将自己的能力忖量一番了。——那些没有做父母的能力而贸然做了父母,以致生出或养成身体上或心思上不健全的子女的,便将受社会与良心的制裁了。在这样社会里,子女们便都有福了。只是,<u>惭愧说的,现在这种新道德还只是理想的境界!</u>(编者注:追昔抚今,一个世纪过去了,现在为人父母的人,有多少在养育孩子的问题上有服务社会的责任意识呢?这种新道德似乎也还是理想的境界,我们这些现代人更应该感到惭愧。)

<u>依我们的标准看,在目下的社会里——特别注重中国的社会里,几乎没有负责任的父母!</u>或者说,父母几乎没有责任!花柳病者,酒精中毒者,疯人,白痴都可公然结婚,生育子女!虽然也有人慨叹于他们的子女从他们接受的遗传的缺陷,但却从没有人抗议他们的生育的权利!因之,残疾的、变态的人便无减少的希望了!穷到衣食不能自用的

寻找灵魂的栖息地

作者身处于一个新思想启蒙的时代,自然看到的都是"几乎没有负责任的父母",为了强调这种判断,作者又严厉指出"父母几乎没有责任"。之后,举出一些具体现象证明这个判断是言之有据的。

作者显然对传统教育模式持否定态度，认为它培育不出"新鲜活泼的进取精神"。

人，却可生出许多子女；宁可让他们忍冻挨饿，甚至将他们送给人，卖给人，却从不怀疑自己的权利！也没有别人怀疑他们的权利！因之，流离失所的，和无教无养的儿童多了！这便决定了我们后一代的悲惨的命运！这正是一般做父母的不曾负着生育之社会的责任的结果。也便是社会对于生育这件事放任的结果。所以我们以为为了社会，生育是不应该自由的；至少这种自由是应该加以限制的！不独精神，身体上有缺陷的和无养育子女的经济的能力的应该受限制；便是那些不能教育子女，乃至不能按着子女自己所需要和后一代社会所需要而教育他们的，也当受一种道德的制裁。——教他们自己制裁，自觉的不生育，或节制生育。（编者注：对不该做父母或不会做父母的人怎么办，作者以一个理想主义者的处世态度提出自己的建议。我们会发现，这样的建议在一个综合素质不高的国度要做到是多么的困难。）现在有许多富家和小资产阶级的孩子，或因父母溺爱，或因父母事务忙碌，不能有充分的受良好教育的机会，以致不能养成适应将来的健全的人格；有些还要受些祖传老店"子曰铺"里的印版教育，那就格外不会有新鲜活泼的进取精神了！（编者注："子曰铺"即为儿童启蒙馆，有这样一副妙趣横生的楹联："老夫耄矣无能为只得犹开子曰铺；蒙童懵焉有何识初来且读科书"，横额为"圣道维新"，可以很形象地解说祖传老店的"子曰铺"。)在子女多的家庭里，父母照料更不能周全，便更易有这些倾向！这种生育的流弊，虽没有前面两种的厉害，但足以为"进步"的重大的阻力，则是同的！并且这种流弊很通行——试看你的朋友，你的亲戚，你的家族里的孩子，乃至你自己的孩子之中，有哪个真能"自遂其生"的！你将也为他们的——也可说我们的——运命担忧着吧。——所以更值得注意。

现在生活程度渐渐高了，在小资产阶级里，教养一个子女的费用，足以使家庭的安乐缩小，子女的数和安乐的量恰成反比例这件事是很显然了。那些贫穷的人也觉得子女是一种重大的压迫了。其实这些情形从前也都存在，只没有现在这样叫人感着罢了。在小资产阶级里，新兴的知识阶级最能锐敏的感到这种痛苦。可是大家虽然感着，却又觉得生育的事是"自然"所支配，非人力所能及，便只有让命运去决定了。直到近两年，生物学的知识，尤其是优生学的知识，渐渐普及于一般知识阶级，于是他们知道不健全的生育是人力可以限制的了。

（编者注：需要指出的是，优生学是一门科学，但也很容易成为一门伪科学。上个世纪前半叶的优生学运动在世界范围内带来很多混乱和灾难。"在科学的幌子之下将会出现一些新的阶级，甚至整个种族都会成为这些规定的实施对象；由此便会形成最可怕的暴虐统治。"这是一名律师在法庭上的陈述，时间是1927年。）去年山顺夫人来华，传播节育的理论与方法，影响特别的大；从此便知道不独不健全的生育可以限制，便是健全的生育，只要当事人不愿意，也可自由限制的了。于是对于子女的事，比较出生后，更其注重出生前了；于是父母在子女的出生前，也有显明的责任了。父母对于生育的事，既有自由权利，则生出不健全的子女，或生出子女而不能教养，便都是他们的过失。他们应该受良心的责备，受社会的非难！而且看"做父母"为重大的社会服务，从社会的立场估计时，父母在子女出生前的责任，似乎比子女出生后的责任反要大哩！以上这些见解，目下虽还不能成为风气，但确已有了肥嫩的萌芽至少在知识阶级里。我希望知识阶级的努力，一面实行示范，一面尽量将这些理论和方法宣传，到最僻远的地方里，到最下层的社会里；等到父母们不但"知道"自己背上"有"这些

作者寄希望于知识分子中的精英，希望他们一方面示范，一方面大力宣传，这个设想本身是作者社会责任感的表现。

责任,并且"愿意"自己背上"负"这些责任,那时基于优生学和节育论的新道德便成立了。这是我们子孙的福音!

在最近的将来里,我希望社会对于生育的事有两种自觉的制裁:一,道德的制裁;二,法律的制裁。身心有缺陷者,如前举花柳病者等,该用法律去禁止他们生育的权利,便是法律的制裁。这在美国已有八州实行了。但施行这种制裁,必须具备几个条件,才能有效。一要医术发达,并且能得社会的信赖;二要户籍登记的详确(如遗传性等,都该载入);三要举行公众卫生的检查;四要有公正有力的政府;五要社会的宽容。这五种在现在的中国,一时都还不能做到,所以法律的制裁便暂难实现;我们只好从各方面努力罢了。(编者注:这里,作者看到滥生不育的背后是社会的经济基础、人的综合素质等根本性问题,在这个意义上,宣传只能是一种努力罢了。)但禁止"做父母"的事,虽然还不可能,劝止"做父母"的事,却是随时随地可以做的。<u>教人知道父母的责任</u>,教人知道现在的做父母应该是自由选择的结果——就是人们于生育的事,可以自由去取——教人知道不负责及不能负责的父母是怎样不合理,怎样损害社会,怎样可耻! 这都是

作者的忧虑、义愤溢于言表,这是中国知识分子忧患意识的典型表现。

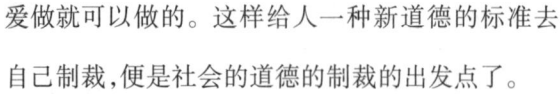

爱做就可以做的。这样给人一种新道德的标准去自己制裁,便是社会的道德的制裁的出发点了。

所以道德的制裁,在现在便可直接去着手建设的。并且在这方面努力的效果,也容易见些。况不适当的生育当中,除那不健全的生育一项,将来可以用法律制裁外,其余几种似乎也非法律之力所能及,便非全靠道德去制裁不可。因为,道德的制裁的事,不但容易着手,见效,而且是更为重要;我们的努力自然便该特别注重这一方向了!

·不健全的生育,在将来虽可用法律制裁,但法律之力,有时而穷,仍非靠道德辅助不可;况法律的施行,有赖于社会的宽容,而社会宽容的基础,仍必筑于道德之上。所以不健全的生育,也需着道德的制裁;在现在法律的制裁未实现的时候,尤其是这样!(编者注:作者的语言表述非常缜密,清晰地阐释了法律和道德相辅相成的辩证关系,其中突出强调了道德层面的影响力,这恐怕也是提高人口素质最根本、最有效的做法。只有当所有的人都能从内心自愿优生优育,主动承担子女教育的社会责任,社会才能有大的进步。)花柳病者,酒精中毒者……我们希望他们自己觉得身体的缺陷,自己忏悔自己的罪孽;便借着忏悔的力量,决定不将罪孽传及子孙,以加重自己的过恶！这便自己剥夺或停止了自己做父母的权利。但这种自觉是很难的。所以我们更希望他们的家族,亲友,时时提醒他们,监视他们,使他们警觉！关于疯人、白痴,则简直全无自觉可言;那是只有靠着他们保护人,家族,亲友的处置了。在这种情形里,我们希望这些保护人等能明白生育之社会的责任及他们对于后一代应有的责任,而知所戒惧,断然剥夺或停止那有缺陷的被保护者的做父母的权利！这几类人最好是不结婚或和异性隔离;至少也当用节育的方法使他们不育！（编者注:作者的建议直接来自于遗传学家查理·达文波特,他认为,由于下层阶级既无足够的智力也无足够的自控力,对他们,"国家应该尽可能地在生育期间将其隔离或者强制对其绝育"。他的看法与达尔文的表弟,弗朗西斯·高尔顿非常一致。)至于说到那些穷到连"养育"子女也不能的,我们教他们不滥育,是很容易得他们的同情的。只需教给他们最简便省钱的节育的方法,并常常向他们恳切的说明和劝导,他们便会渐渐的相信,奉行的。但在这种情形里,教他们相信我们的方法这过程,要比较难些;因为这与他们信自然与命运的思想冲突,又与传统的多子孙的思想冲突——他们将

今天我们来看他们的观点,首先要肯定这些科学家、作家强烈的社会责任感,他们充满同情、满怀宗教热情的推广优生学理论,精神可嘉。其次,需要在历史的反思中冷静看待优生学社会推广过程中的复杂性,防止把科学的优生学引入狭隘的种族、阶层说的歧途。

觉得这是一种罪恶,如旧日的打胎一样;并将疑惑这或者是洋人的诡计,要从他们的身体里取出什么的!但是传统的思想,在他们究竟还不是固执的,魔术的怀疑因了宣传方法的巧妙和时日的长久,也可望减缩的;而经济的压迫究竟是眼前不可避免的实际的压迫,他们是难以抵抗的!所以只要宣传的得法,他们是容易渐渐的相信,奉行的。只有那些富家——官僚或商人——和有些小资产阶级,这道德的制裁的思想是极难侵入的!他们有相当的经济的能力,有固执的传统的思想,他们是不会也不愿知道生育是该受限制的;他们不知道什么是不适当的生育!他们只在自然的生育子女,以传统的态度与方法待遇他们,结果是将他们装在自己的型里,作自己的牺牲!这样尽量摧残了儿童的个性与精神生命的发展,却反以为尽了父母的责任!这种误解责任较不明责任实在还要坏;因为不明的还容易纳入忠告,而误解的则往往自以为是,拘执不肯更变。这种人实在也不配做父母!(编者注:"儿童的个性与精神生命的发展"是非常重要的教育观,这个命题需要引起足够的重视,即使在今天这个时代,在我国目前的教育环境中,依然是一个亟须引起重视的问题。)因为他们并不能负真正的责

任。我们对于这些人,虽觉得很不容易使他们相信我们,但总得尽我们的力量使他们能知道些生物进化和社会进化的道理,使他们能以儿童为本位,能"理解他们,指导他们,解放他们";这样改良从前一切不适当的教养方法。并且要使他们能有这样决心:在他们觉得不能负这种适当的教养的责任,或者不愿负这种责任时,更应该断然采取节育的办法,不再因循,致误人误己。这种宣传的事业,自然当由新兴的知识阶级担负;新兴的知识阶级虽可说也属于小资产阶级里,但关于生育这件事,他们特别感到重大的压迫,因有了彻底的了解,觉醒的态度,便与同阶级的其余部分不同了。(编者注:"新兴的知识阶级"应该是直接受了新思想、新学说、有强烈社会责任感的知识分子,作者的这篇文章就是立即行动的宣传。有人指出,中国知识分子少有行动者,这种忧虑不无道理。也许正是在这种背景下,作者的行动也显得特别有意义。)

但是还有一个问题留着:现存的由各种不适当的生育而来的子女们,他们的父母将怎样为他们负责呢?我以为花柳病者等一类人的子女,只好任凭自然先生去下辣手,只不许谬种再得流传便了。贫家子女父母无力教养的,由社会设法尽量收容他

其实,作者在生活中也正在经受由于无节制生育而感到的"重大的压迫"。我们在他的散文《儿女》中可以充分感受到作者的心情。

113

们，如多设贫儿院等。但社会收容之力究竟是有限的，大部分只怕还是要任凭自然先生去处置的！这是很悲惨的事，但经济组织一时既还不能改变，又有什么法儿呢？我们只好"尽其在人"罢了。至于那些以长者为本位而教养儿童的，我们希望他们能够改良，前节已说过了。（编者注：还是要指出，这种观点在优生学中很流行，高尔顿在1883年提出的"改良人种"的学说就提倡，人或人种在生理和智力上的差别是由遗传决定的，只有发展所谓"优等人"，淘汰"劣等人"，社会问题才能解决。鲁迅在《我们今天怎样做父亲》一文中也赞同高尔顿的观点，但是，后来对这种把生物学照搬到社会生活上来的学说采取了否定态度。）还有新兴的知识阶级里现在有一种不愿生育子女的倾向；他们对于从前不留意而生育的子女，常觉得冷淡，甚至厌恶，因而不愿为他们尽力。在这里，我要明白指出，生物进化，生命发展的最重要的原则，是前一代牺牲于后一代，牺牲是进步的一个阶梯！愿他们——其实我也在内——为了后一代的发展，而牺牲相当的精力于子女的教养；愿他们以极大的忍耐，为子女们将来的生命筑坚实的基础，愿他们牢记自己的幸福，同时也不要忘了子女们的幸福！这是很要些涵

养功夫的。(编者注：鲁迅先生在《我们怎样做父亲》一文中有一段深情的告白，值得所有愿意为社会进步付出努力的知识分子牢记："自己背着因袭的重担，肩住了黑暗的闸门，放他们到宽阔光明的地方去；此后幸福的度日，合理的做人。"这段话与朱自清先生的观点精神高度一致。)总之，父母的责任在使子女们得着好的生活，并且是比自己的生活好的生活；一面也使社会上得着些健全的、优良的、适于生存的分子；是不能随意的。

为使社会上适于生存的日多，不适于生存的日少，我们便重估了父母的责任：

父母不是无责任的。

<u>父母的责任不应以长者为本位，以家族为本位；应以幼者为本位，社会为本位。</u>(编者注：四个"本位"有否定，有提倡，凸显了一个启蒙主义者鲜明的社会责任感。鲁迅先生《狂人日记》最后"救救孩子"的呼声，是上个世纪初新文化运动的思想启蒙者的清晰认识，朱自清先生谈父母责任的目的也是为了拯救孩子，为了社会进步。)

我们希望社会上父母都负责任；没有不负责任的父母！

"做父母是人的最高尚、最神圣的义务和权利，

又是最重大的服务社会的机会”, 这是生物学、社会学所指给的新道德。

　　既然父母的责任由不明了到明了是可能的, 则由不正确到正确也未必是不可能的; 新道德的成立, 总在我们的努力, 比较父母对子女的责任尤其重大的, 这是我们对一切幼者的责任! 努力努力! (编者注: 这是一篇篇幅很长的议论文, 从文章技法的角度看, 我们会感到结构不够清晰, 语言很难说凝练。鲁迅先生早期的杂文, 似乎也有类似的情况。之所以选录它, 主要是想让读者对白话文初期的文风有更感性的认识。龙应台以“沙漠玫瑰的绽放”表达历史感的重要, 读一个时代的作家作品, 要有历史感, 读一个作家不同阶段的文章也要有历史的眼光。)

寻找灵魂的栖息地

原载 1923 年 2 月 3 日《新民意报・星火副刊》

——执政府大屠杀记

寻找灵魂的栖息地

　　（编者注：斟酌许久，还是决定把这篇在今天许多人看来已经"过时"的文章推荐给读者，原因有二，一是一个民族倘若常常人为地集体失忆是十分可怕的事情；二是通过这篇文章我们看到了一向做老实人，为老实文的朱自清先生"怒目金刚"式的一面，这对我们了解一个更加丰富的朱自清先生非常有帮助。）

　　三月十八是一个怎样可怕的日子！我们永远不应该忘记这个日子！

　　这一日，执政府的卫队，大举屠杀北京市民——十分之九是学生！死者四十余人，伤者约二百人！这在北京是第一回大屠杀！

　　这一次的屠杀，我也在场，幸而直到出场时不曾遭着一颗子弹；请我的远方的朋友们安心！第二天看报，觉得除一两家报纸外，各报记载多有与事实不符之处。究竟是访闻失实，还是安着别的心眼儿，我可不得而知，也不愿细论。我只说我当场眼见和后来耳闻的情形，请大家看看这阴惨惨的二十世纪二十六年三月十八日的中国！——十九日《京

　　开篇是两句可以镌刻在历史上的警句，惊悚、愤怒之情可触可摸。1926 年 3 月 18 日，"这一日"，"这一次的屠杀"朱自清先生是"亲历历史"者，温和的朱自清用了"阴惨惨"来形容；鲁迅先生也是历史的见证者，惨案发生的当天，他在《无花的蔷薇之二》愤怒地指出：这是"民国以来最黑暗的一天"。

报》所载几位当场逃出的人的报告，颇是翔实，可以参看。

我先说游行队。我自天安门出发后，曾将游行队从头至尾看了一回。全数约二千人；工人有两队，至多五十人；广东外交代表团一队，约十余人；国民党北京特别市党部一队，约二三十人；留日归国学生团一队，约二十人，其余便多是北京的学生了，内有女学生三队。拿木棍的并不多，而且都是学生，不过十余人；工人拿木棍的，我不曾见。木棍约三尺长，一端削尖了，上贴书有口号的纸，做成旗帜的样子。至于"有铁钉的木棍"我却不曾见！（编者注：这一天，请愿者到段祺瑞执政府门前示威，为的是抗议日本帝国主义的军舰侵入大沽口、炮击国民军，以及美、英、日、法、意、荷、比、西等八国无理通牒中国的罪行。请愿队伍成员多为热血青年。这里特地强调"木棍"是对"安着别的心眼儿"的媒体的回击，也为下文手无寸铁的请愿者遭枪击作铺垫。）

我后来和清华学校的队伍同行，在大队的最后。我们到执政府前空场上时，大队已散开在满场了。这时府门前站着约莫两百个卫队，分两边排着；领章一律是红地，上面"府卫"两个黄铜字，确

卫队的"悠然"、"毫无紧张的颜色"与后文有计划的屠杀形成强烈对比，揭露执政府的诡秘和凶残。

是执政府的卫队。他们都背着枪,悠然的站着:毫无紧张的颜色。而且枪上不曾上刺刀,更不显出什么威武。这时有一个人爬在石狮子头上照相。那边府里正面楼上,栏干上伏满了人,而且拥挤着,大约是看热闹的。在这一点上,执政府颇像寻常的人家,而不像堂堂的"执政府"了。照相的下了石狮子,南边有了报告的声音:"他们说是一个人没有,我们怎么样?"这大约已是五个代表被拒以后了;我们因走进来晚,故未知前事——但在这时以前,群众的嚷声是决没有的。到这时才有一两处的嚷声了:"回去是不行的!!!""吉兆胡同!!!""……!!!"忽然队势散动了,许多人纷纷往外退走;有人连声大呼:"大家不要走,没有什么事!"一面还扬起了手,我们清华队的指挥也扬起手叫道:"清华的同学不要走,没有事!"这期间,人众稍稍聚拢,但立刻即又散开;清华的指挥第二次叫声刚完,我看见众人纷纷逃避时,一个卫队已装完子弹了! 我赶忙向前跑了几步,向一堆人旁边睡下;但没等我睡下,我的上面和后面各来了一个人,紧紧地挨着我。我不能动了,只好蜷曲着。

这时已听到劈劈啪啪的枪声了;我生平是第一次听枪声,起初还以为是空枪呢(这时已忘记了看

可以说,本文对屠杀场面的描述是一个亲历灾难、侥幸逃脱者惊魂未定的絮说,尽管写于惨案发生后的第四天,但一幕幕场景仍然让作者难以置信。

一方面是手无寸
铁的请愿者的仓皇逃
命,一方面是荷枪实弹
者的有计划的屠戮,对
比之鲜明,令人发指。

见装子弹的事)。但一两分钟后,有鲜红的热血从上面滴到我的手背上,马褂上了,我立刻明白屠杀已在进行!这时并不害怕,只静静的注意自己的运命,其余什么都忘记。全场除劈啪的枪声外,也是一片大静默,绝无一些人声;什么"哭声震天",只是记者先生们的"想当然耳"罢了。(编者注:"大静默"是因为死神在徘徊,"大静默"是因为意想不到的"悚然"。)我上面流血的那一位,虽滴滴地流着血,直到第一次枪声稍歇,我们爬起来逃走的时候,他也不则一声。这正是死的袭来,沉默便是死的消息。事后想起,实在有些悚然。(编者注:即使是受伤者,在仓皇逃走的途路中,也没有呻吟,"不则一声"。"则",犹"作",宋元小说戏剧中常用。这些典型事件的叙述很有震撼力。)在我上面的不知是谁?我因为不能动转,不能看见他;而且也想不到看他——我真是个自私的人!后来逃跑的时候,才又知道掉在地下的我的帽子和我的头上,也滴了许多血,全是他的!他足流了两分钟以上的血,都流在我身上,我想他总吃了大亏,愿神保佑他平安!第一次枪声约经过五分钟,共放了好几排枪;司令的是用警笛;警笛一鸣,便是一排枪,警笛一声接着一声,枪声就跟着密了,那警笛声甚凄厉,但有几乎一定的节拍，足见司令者的从容！后来听别的目睹者说，司令者那时还用指挥刀指示方向，总是向人多的地方射击！又有目睹者说，那时执政府楼上还有人手舞足蹈的大乐呢！（编者注："节拍"、"从容"和"手舞足蹈的大乐"，作者只能用一连串的感叹号表达无法接受的震惊了。）

　　我现在缓叙第一次枪声稍歇后的故事，且追述些开枪时的情形。我们进场距开枪时，至多四分钟；这期间有照相有报告，有一两处的嚷声，我都已说过了。我记得，我确实记得，最后的嚷声距开枪只有一分余钟；这时候，群众散而稍聚，稍聚而复纷散，枪声便开始了。这也是我说过的。但"稍聚"的时候，阵势已散，而且大家存了观望的心，颇多趑趄不前的，所谓"进攻"的事是绝没有的！至于第一次纷散之故，我想是大家看见卫队从背上取下枪来装子弹而惊骇了；因为第二次纷散时，我已看见一个卫队（其余自然也是如此，他们是依命令动作的）装完子弹了。在第一次纷散之前，群众与卫队有何冲突，我没有看见，不得而知。但后来据一个受伤的说，他看见有一部分人——有些是拿木棍的——想要冲进府去。这事我想来也是有的；不过这绝不是卫队开枪的缘由，至多只是他们的借口。

这是作者对执政府卫兵开枪的再一次回忆，在重复中揭露真相，谴责暴行。特别强调的是，请愿群众不是进攻，守卫士兵倒是有人指挥。

121

他们的荷枪挟弹与不上刺刀（故示镇静）与放群众自由入辕门内（便于射击），都是表示他们"聚而歼旃"的决心，冲进去不冲进去是没有多大关系的。（编者注：所有的场面都可分解成对立的两面，一面是蓄谋的"聚而歼旃"，一面是毫无准备的"死亡枕藉"。作者就是不断把对立的两面像切换电影镜头一样交替呈现，造成视觉的强烈的冲击力。孰是孰非，无须赘言。据史料载，在这场屠杀中，北京女师大学生刘和珍和杨德群当场死亡。鲁迅等不在请愿者行列，但惊闻噩耗，鲁迅悲愤、惊疑、不解、愤怒，接连写下《无花的蔷薇之二》、《死地》、《记念刘和珍君》。）证以后来东门口的拦门射击，更是显明！原来先逃出的人，出东门时，以为总可得着生路；哪知迎头还有一支兵，——据某一种报上说，是从吉兆胡同来的手枪队，不用说，自然也是杀人不眨眼的府卫队了！——开枪痛击。那时前后都有枪弹，人多门狭，前面的枪又极近，死亡枕藉！这是事后一个学生告诉我的；他说他前后两个人都死了，他躲闪了一下，总算幸免。这种间不容发的生死之际也够人深长思了。

照这种种情形，就是不在场的诸君，大约也不至于相信群众先以手枪轰击卫队了吧。而且轰击必有声音,我站的地方,离开卫队不过二十余步,在第二次纷散之前,却绝未听到枪声。其实这只要看政府巧电的含糊其辞,也就够证明了。至于所谓当场夺获的手枪,虽然像煞有介事地举出号数使人相信,但我总奇怪:夺获的这些支手枪,竟没有一支曾经当场发过一响,以证明他们自己的存在。难道拿手枪的人都是些傻子么? 还有现在很有人从容的问:"开枪之前,有警告么?"我现在只能说,我看见的一个卫队,他的枪口是正对着我们的,不过那是刚装完子弹的时候。(编者注:每次读这一段文字的时候,我的心就被揪得很紧。作者惊魂未定,还得面对诬陷、流言和误解。所有的辩解都让人心痛,在冷冰冰的现实面前,这样的辩解多么乏力。这不禁让人联想到鲁迅先生《记念刘和珍君》中出乎愤怒的清醒:"惨象,已使我目不忍视了;流言,尤使我耳不忍闻。我还有什么话可说呢? 我懂得衰亡民族之所以默无声息的缘由了。沉默呵,沉默呵! 不在沉默中爆发,便在沉默中灭亡。")而在我上面的那位可怜的朋友,他流血是在开枪之后约一两分钟时。我不知卫队的第一排枪是不是朝天放的,但即使是朝天放的,也不算是警告;因为未开枪时,群众已经纷散,放一排朝天枪(假定如此)后,第一

次听枪声的群众，当然是不会回来的了（这不是一个人胆力的事，我们也无须假充硬汉），何用接二连三地放平枪呢！即使怕一排枪不够驱散众人，尽放朝天枪好了，何用放平枪呢！所以即使卫队曾放了一排朝天枪，也绝不足做他们丝毫的辩解；况且还有后来的拦门痛击呢，这难道还要问："有无超过必要程度？"

　　第一次枪声稍歇后，我茫然地随着众人奔逃出去。我刚发脚的时候，便看见旁边有两个同伴已经躺下了！我来不及看清他们的面貌，只见前面一个，右乳部有一大块殷红的伤痕，我想他是不能活了！那红色我永远不忘记！同时还听见一声低缓的呻吟，想是另一位的，那呻吟我也永远不忘记！我不忍从他们身上跨过去，只得绕了道弯着腰向前跑，觉得通身懈弛得很；后面来了一个人，立刻将我撞了一交。我爬了两步，站起来仍是弯着腰跑。这时当路有一副金丝圆眼镜，好好地直放着；又有两架自行车，颇挡我们的路，大家都很艰难地从上面踏过去。我不自主地跟着众人向北躲入马号里。我们偃卧在东墙角的马粪堆上。马粪堆很高，有人想爬墙过去；墙外就是通路。我看着一个人站着，一个人正向他肩上爬上去。我自己觉得决没有越

寻找灵魂的栖息地

作者从听觉和视觉的感受捕捉内心最痛苦的记忆。殷红的伤痕，低缓的呻吟，散落在地上的金丝边眼镜，无主的自行车，犹如一个个电影特写镜头，扑面而来。

124

墙的气力,便也不去看他们。而且里面枪声早又密了,我还得注意运命的转变。这时听见墙边有人问:"是学生不是?"下文不知如何,我猜是墙外的兵问的。那两个爬墙的人,我看见,似乎不是学生,我想他们或者得了兵的允许而下去了。若我猜的不大错,从这一句简单的问语里,我们可以看出卫队乃至政府对于学生海样深的仇恨!(编者注:再次强调执政府对学生的态度,颇有斩尽杀绝的味道。其背景与执政府对知识分子和学生力量的惧怕有关。时隔多年以后,周作人有如下表述:"在三·一八那年之前,学生和教授在社会上似乎保有一种权威和地位,虽然政府讨厌他们,但不敢轻易动手","及至三·一八那时,执政府卫队公然对学生群众开排枪,这情形就不同了。对知识阶级的恐怖时代可以说就此开始了"。可以说,当年执政府门前的那阵阵枪响,把所有的知识分子的灵魂都震撼了。)而且可以看出,这一次的屠杀确是有意这样"整顿学风"的!我后来知道,这时有几个清华学生和我同在马粪堆上。有一个告诉我,他旁边有一位女学生曾喊他救命,但是他没有法子,这真是可遗憾的事,她以后不知如何了!我们偃卧马粪堆上,不过两分钟,忽然看见对面马厩里有一个兵拿

着枪，正装好子弹，似乎就要向我们放。我们立刻起来，仍弯着腰逃走；这时场里还有疏散的枪声，我们也顾不得了。走出马路，就到了东门口。

这时枪声未歇，东门口拥塞得几乎水泄不通。我隐约看见底下蜷缩地蹲着许多人，我们便推推搡搡，拥挤着，挣扎着，从他们身上踏上去。那时理性真失了作用，竟恬然不以为怪似的。我被挤得往后仰了几回，终于只好竭全身之力，向前而进。在我前面的一个人，脑后大约被枪弹擦伤，汩汩地流着血；他也同样地一歪一倒地挣扎着。但他一会儿便不见了，我想他是平安的下去了。[编者注：又一个挣扎、逃跑的场面，生命在暴行面前既脆弱又坚韧。然而，冷静地思考一下，在专制政府面前，也许徒手请愿不是好的方法，所以鲁迅先生说："人类的血战前行的历史，正如煤的形成，当时用大量的木材，结果却只是一小块，但请愿是不在其中的，更何况是徒手。"（《记念刘和珍君》）]我还在人堆上走。这个门是平安与危险的界线，是生死之门，故大家都不敢放松一步。这时希望充满在我心里。后面稀疏的弹子，倒觉不十分在意。前一次的奔逃，但求不即死而已，这回却求生了；在人堆上的众人，都积极地显出生之努力。但仍是一味的静；大家在这

千钧一发的关头，哪有闲心情和闲工夫来说话呢？我努力的结果，终于从人堆上滚了下来，我的命运这才算定了局。那时门口只剩两个卫队，在那儿闲谈，侥幸得很，手枪队已不见了！后来知道门口人堆里实在有些是死尸，就是被手枪队当门打死的！现在想着死尸上越过的事，真是不寒而栗呵！

　　我真不中用，出了门口，一面走，一面只是喘息！后面有两个女学生，有一个我真佩服她；她还能微笑着对她的同伴说："他们也是中国人哪！"这令我惭愧了！我想人处这种境地，若能从怕的心情转为兴奋的心情，才真是能救人的人。若只一味的怕，"斯亦不足畏也已！"我呢，这回是由怕而归于木木然，实是很可耻的！但我希望我的经验能使我的胆力逐渐增大！这回在场中有两件事很值得纪念：一是清华同学韦杰三君（他现在已离开我们了！）受伤倒地的时候，别的两位同学冒死将他抬了出来；一是一位女学生曾经帮助两个男学生脱险。这都是我后来知道的。这都是侠义的行为，值得我们永远敬佩的！

　　我和那两个女学生出门沿着墙往南而行。那时还有枪声，我极想躲入胡同里，以免危险；她们大约也如此的，走不上几步，便到了一个胡同口；我们

女学生的微笑令作者惭愧，在作者的自责中，可以感受年轻学生的勇敢坚强。此时的朱自清是清华大学的教师，他对自己的批评是真切而严厉的，这是他一贯的作风。

寻找灵魂的栖息地

127

闲人不闲,敢于冒风险提醒请愿者,这是一种勇气,更是民心所向。

便想拐弯进去。这时墙角上立着一个穿短衣的看闲的人,他向我们轻轻地说:"别进这个胡同!"我们莫名其妙地依从了他,走到第二个胡同进去;这才真脱险了!后来知道卫队有抢劫的事(不仅报载,有人亲见),又有用枪柄,木棍,大刀,打人,砍人的事,我想他们一定就在我们没走进那条胡同里做那些事!感谢那位看闲的人!卫队既在场内和门外放枪,还觉杀的不痛快,更拦着路邀击;其泄忿之道,真是无所不用其极了!区区一条生命,在他们眼里,正和一根草,一堆马粪一般,是满不在乎的!所以有些人虽幸免于枪弹,仍是被木棍,枪柄打伤,大刀砍伤;而魏士毅女士竟死于木棍之下,这真是永久的战栗啊!(编者注:草菅人命,自古有之,而对生命施虐到如此地步,仍不多见。有鲁迅先生《记念刘和珍君》为证:"听说,她,刘和珍君,那时是欣然前往的。自然,请愿而已,稍有人心者,谁也不会料到有这样的罗网。但竟在执政府前中弹了,从背部入,斜穿心肺,已是致命的创伤,只是没有便死。同去的张静淑君想扶起她,中了四弹,其一是手枪,立仆;同去的杨德群君又想去扶起她,也被击,弹从左肩入,穿胸偏右出,也立仆。但她还能坐起来,一个兵在她头部及胸部猛击两棍,于是

寻找灵魂的栖息地

128

死掉了。")据燕大的人说,魏女士是于逃出门时被一个卫兵从后面用有楞的粗大棍儿兜头一下,打得脑浆迸裂而死!我不知她出的是哪一个门,我想大约是西门吧。因为那天我在西直门的电车上,遇见一个高工的学生;他告诉我,他从西门出来,共经过三道门(就是海军部的西辕门和陆军部的东西辕门),每道门皆有卫队用枪柄,木棍和大刀向逃出的人猛烈地打击。他的左臂被打好几次,已不能动弹了。我的一位同事的儿子,后脑被打平了,现在已全然失了记忆;我猜也是木棍打的。受这种打击而致重伤或死的,报纸上自然有记载;致轻伤的就无可稽考,但必不少。所以我想这次受伤的还不止二百人!卫队不但打人,行劫,最可怕的是剥死人的衣服,无论男女,往往剥到只剩一条袴为止;这只要看看前几天《世界日报》的照相就知道了。<u>就是不谈什么"人道",难道连国家的体统,"临时执政"的面子都不顾了么</u>;段祺瑞你自己想想吧!听说事后执政府乘人不知,已将死尸掩埋了些,以图遮掩耳目。这是我的一个朋友从执政府里听来的;若是的确,那一定将那打得最血肉模糊的先掩埋了。免得激动人心。但一手岂能尽掩天下耳目呢? 我不知道现在,那天去执政府的人还有失踪的没有? 若

寻找灵魂的栖息地

这样的话语充满了对政府的绝望。文章就是在不断的叙述中流露按捺不住的思想感情,夹叙夹议,让情感的潮流不断涌向读者,引起读者共鸣。

129

有,这个消息真是很可怕的!

这回的屠杀,死伤之多,过于五卅事件,而且是"同胞的枪弹",我们将何以间执别人之口!而且在首都的堂堂执政府之前,光天化日之下,屠杀之不足,继之以抢劫,剥尸,这种种兽行,段祺瑞等固可行之而不恤,但我们国民有此无脸的政府,又何以自容于世界!——这正是世界的耻辱呀!我们也想想吧!此事发生后,警察总监李鸣钟匆匆来到执政府,说:"死了这么多人,叫我怎么办?"他这是局外的说话,只觉得无善法以调停两间而已。我们现在局中,不能如他的从容,我们也得问一问:

"死了这么多人,我们该怎么办?"

(编者注:"死了这么多人,我们该怎么办?""从容"的政府想的是如何收拾残局;愤怒的民众要的是一个"说法"。作者没有回答,他用问题叩问自己的良知,也把问题抛给了同时代和以后的人们。惨案的当天,鲁迅先生写下了《无花的蔷薇之二》后半部分的文字,他发誓:"血债必须用同物偿还,拖欠得愈久,就要付更大的利息!"在追悼会之后,感受到现实无边黑暗的鲁迅先生不禁心生失落:"我们还在这样的世上活着;我也早觉得有写一点东西的必要了。离三月十八日也已有两星期,忘

却的救主快要降临了罢,我正有写一点东西的必要
了。"也许,我们敌不过时间对血痕的淡忘,但我们
非常庆幸,有这些文字为我们定格历史的许多个日
子乃至瞬间。)

1926 年 3 月 23 日作,屠杀后五天写完

131

青年时代"该从五四运动开始开始",这是真知灼见。青年学生的斗争在五四运动中有举足轻重的影响力。1949年建国后,五月四日被定为中国青年节,也表达了对中国社会发展过程中青年人力量的肯定和希冀。

（编者注:论青年,可以有很多角度,作者关注的是青年人自我意识的觉醒,是年轻人为一个时代作应有贡献的愿望的自觉。此时的朱自清以48年的人生观照人生的青年时代,自然有一番过来人的良言。）

冯友兰先生在《新事论·赞中华》篇里第一次指出现在一般人对于青年的估价超过老年之上。这扼要的说明了我们的时代。这是青年时代,而这时代该从五四运动开始。从那时起,青年人才抬起了头,发现了自己,不再仅仅的做祖父母的孙子,父母的儿子,社会的小孩子。他们发现了自己,发现了自己的群,发现了自己和自己的群的力量。他们跟传统斗争,跟社会斗争,不断的在争取自己领导权甚至社会领导权,要名副其实的做新中国的主人。但是,像一切时代一切社会一样,中国的领导权掌握在老年人和中年人的手里,特别是中年人的手里。于是乎来了青年的反抗,在学校里反抗师长,在社会上反抗统治者。他们反抗传统和纪律,用怠工,有时也用挺击。中年统治者记得五四以前青年的沉静，觉着现在青年爱捣乱，惹麻烦，第一步打算压制下去。可是不成。于是乎敷衍下去。敷衍到了难以收拾的地步，来了集体训练，开出新局面，可是还得等着瞧呢。

青年反抗传统，反抗社会，自古已然，只是一向他们低头受压，使不出大力气，见得沉静罢了。（编者注：青年人的反抗性"自古已然"，这是作者对青年人的正确认识，在这个观点下，作者举出家庭和政治领域的例子来论证，增强说服力。其实，这种老少之争表面看是年龄不同，背后是新旧观念的不同与斗争。）家庭里父代和子代闹别扭是常见的，正是压制与反抗的征象。政治上也有老少两代的斗争，汉朝的贾谊到戊戌六君子，例子并不少。中年人总是在统治的地位，老年人势力足以影响他们的地位时，就是老年时代，青年人势力足以影响他们的地位时，就是青年时代。老年和青年的势力互为消长，中年人却总是在位，因此无所谓中年时代。（编者注：作者观察和分析比较宏观，把社会纷繁复杂的斗争简单概括为三代人斗争的此起彼伏，有一定道理，但在具体问题上，恐怕不能这么简单。年龄长幼不是与思想的新旧完全一致的。）老年人的衰朽，是过去，青年人还幼稚，是将来，占有现在的

三代人的拉锯战实际上仍是不同社会观念的斗争。

只是中年人。他们一面得安慰老年人,培植青年人,一面也在讥笑前者,烦厌后者。安慰还是顺的,培植却常是逆的,所以更难。培植是凭中年人的学识经验做标准,大致要养成为有为有守爱人爱物的中国人。青年却恨这种切近的典型的标准妨碍他们飞跃的理想。他们不甘心在理想还未疲倦的时候就被压进典型里去,所以总是挣扎着,在憧憬那海阔天空的境界。中年人不能了解青年人为什么总爱旁逸斜出不走正路,说是时代病。其实这倒是成德达材的大路;压迫的,挣扎着,材德的达成就在这两种力的平衡里。这两种力永恒的一步步平衡着,自古已然,不过现在更其表面化罢了。(编者注:"成德达材"是中国传统人才评价系统中的核心价值,德才兼备也是在这种价值观的影响下对人才的呼唤。这段文字还有一个重要的认识,那就是,"材德的达成"需要在压迫和挣扎这两种力量的作用下成长,任何时代皆如此。此文写于 1944 年,内忧外患都非常严重,作者所说"不过现在更其表面化罢了"指的就是这个时代的特殊情况。)

青年人爱说自己是"天真的"、"纯洁的"。但是看看这时代,老练的青年可真不少。老练却只是工于自谋,到了临大事,决大疑,似乎又见得幼稚

这种感觉是许多经过青年时代的人共有的,往往是人生必经之路。

在肯定青年人具有反抗精神之后,作者也尖锐地指出某些青年人身上的问题。

了。青年要求进步，要求改革，自然很好，他们有的是奋斗的力量。不过大处着眼难，小处下手易，他们的饱满的精力也许终于只用在自己的物质的改革跟进步上；于是骄奢淫逸，无所不为，有利无义，有我无人。中年里原也不缺少这种人，效率却赶不上青年的大。眼光小还可以有一步路，便是做自了汉，得过且过的活下去；或者更退一步，遇事消极，马马虎虎对付着，一点不认真。中年人这两种也够多的。可是青年时就染上这些习气，未老先衰，不免更教人毛骨悚然。所幸青年人容易回头，"浪子回头金不换"，不像中年人往往将错就错，一直沉到底里去。

显然，作者对年轻人的错误不仅能宽容，更对他们的改正充满希望。

寻找灵魂的栖息地

135

　　青年人容易脱胎换骨改样子，是真可以自负之处；精力足，岁月长，前路宽，也是真可以自负之处。总之可能多。可能多倚仗就大，所以青年人狂。人说青年时候不狂，什么时候才狂？ 不错。但是这狂气到时候也得收拾一下，不然会忘其所以的。（编者注：作者对青年人的"狂"充满理解，但也不放弃要求，觉得"狂气到时候也得收拾一下"。这句话说得很口语化，有股亲切劲儿。其实，这里提出了一个很严肃的问题：怎样在年轻人自由发展的基础上进行做人的规范教育。）青年人爱讽刺，冷嘲热骂，一学就成，挥之不去；但是这只足以取快一时，久了也会无聊起来的。青年人骂中年人逃避现实，圆通，不奋斗，妥协，自有他们的道理。不过青年人有时候让现实笼住，伸不出头，张不开眼，只模糊的看到面前一段儿路，真是"前不见古人，后不见来者"。这又是小处。若是能够偶然到所谓"世界外之世界"里歇一下脚，也许可以将自己放大些。青年也有时候偏执不回，过去一度以为读书就不能救国就是的。那时蔡孑民先生却指出"读书不忘救国，救国不忘读书"。这不是妥协，而是一种权衡轻重的圆通观。懂得这种圆通，就可以将自己放平些。能够放大自己，放平自己，才有真正的"工作与严肃"，这里就需要奋斗了。

蔡孑民先生不愧人师，青年还是需要人师。用不着满口仁义道德，道貌岸然，也用不着一手摊经，一手握剑，只要认真而亲切的服务，就是人师。（编者注：蔡孑民，即蔡元培先生，民主主义革命家和教育家，他为发展中国新文化教育事业，建立中国资产阶级民主制度做出了重大贡献，堪称"学界泰斗、人世楷模"。任北京大学校长时期，提倡学术研究，主张"思想自由，兼容并包"，实行教授治校。"经师易得，人师难求"，人师的伟大就在于能着力于人

这是一个在那个时代很有代表性的例子。年轻人因为偏执容易走极端，如果有人加以适当引导，就可以使年轻人成长得更顺达些。

的成长。)但是这些人得组织起来,通力合作。讲情理,可是不敷衍,重诱导,可还归到守法上。不靠婆婆妈妈气去乞怜青年人,不靠甜言蜜语去买好青年人,也不靠刀子手枪去示威青年人。只言行一致后先一致的按着应该做的放胆放手做去。不过基础得打在学校里;学校不妨尽量社会化,青年训练却还是得在学校里。学校好像实验室,可以严格的计划着进行一切;可不是温室,除非让它堕落到那地步。训练该注重集体的,集体训练好,个体也会改样子。人说教师只消传授知识就好,学生做人,该自己磨炼去。<u>但是得先有集体训练,教青年有胆量帮助人,制裁人,然后才可以让他们自己磨炼去。</u>

(编者注:作者是一个务实的人,他谈论青年,不是为了批评青年,而是为了让青年人更好地成长,所以,在文章的最后一段,他提出积极的建议,认为学校教育中的集体训练是很好的方法。建议有了,方法不太具体,我们很难看到具体的训练内容。)这种集体训练的大任,得教师担当起来。现行的导师制注重个别指导,琐碎而难实践,不如缓办,让大家集中力量到集体训练上。学校以外倒是先有了集中训练,从集中军训起头,跟着来了各种训练班。前者似乎太单纯了,效果和预期差得多,后者好像还

差不多。不过训练班至多只是"百尺竿头更进一步"，培植根基还得在学校里。在青年时代，学校的使命更重大了，中年教师的责任也更重大了，他们得任劳任怨的领导一群群青年人走上那成德达材的大路。

（编者注：最后的结尾，作者给我们描述了一个非常美好的社会景象，年轻人在和谐的学校环境中接受理想的教育，在人师的引导下"成德达材"。其实，作者的思考和努力也正是人师的作用。整篇文章非常平实，从时代的要求和特点谈到年轻人的长处和不足，最后落到青年成长的学校教育上，热切呼唤人师的责任和使命，在充满希冀中结束全文。）

1944 年 6 月 9 日作

寻找灵魂的栖息地

——论气节

（编者注：对朱自清先生的了解往往与毛泽东一篇著名的政论文章——《别了，司徒雷登》相联系。毛泽东说："我们中国人是有骨气的，……朱自清一身重病，宁可饿死，不领美国的救济粮。……我们应当写闻一多颂，写朱自清颂，他们表现了我们民族的英雄气概。"这个评价树立起朱自清先生在人们心中富有骨气的形象。"骨气"与"气节"有相通之处，一定意义上，两者可以互换。朱自清先生于 1948 年 8 月 12 日在北平医院辞世，这篇文章写于 1947 年，可以把它看成作者对当时知识分子人生态度的一种深刻反思，其中也包括对自己。）

气节是我国固有的道德标准，现代还用着这个标准来衡量人们的行为，主要的是所谓读书人或士人的立身处世之道。但这似乎只在中年一代如此，青年代倒像不大理会这种传统的标准，他们在用着正在建立的新的标准，也可以叫做新的尺度。中年代一般的接受这传统，青年代却不理会它，这种脱节的现象是这种变的时代或动乱时代常有的。因

139

开篇开门见山，直奔主题。

此就引不起什么讨论。直到近年，冯雪峰先生才将这标准这传统作为问题提出，加以分析和批判：这是在他的《乡风与市风》那本杂文集里。

冯先生指出"士节"的两种典型：一是忠臣，一是清高之士。他说后者往往因为脱离了现实，成为"为节而节"的虚无主义者，结果往往会变了节。他却又说"士节"是对人生的一种坚定的态度，是个人意志独立的表现。因此也可以成就接近人民的叛逆者或革命家，但是这种人物的造就或完成，只有在后来的时代，例如我们的时代。冯先生的分析，笔者大体同意；对这个问题笔者近来也常常加以思索，现在写出自己的一些意见，也许可以补充冯先生所没有说到的。（编者注：提及冯雪峰先生的文章，意在引出自己的所思所想，行文非常自然顺畅。冯雪峰，现代著名诗人、文艺理论家。与鲁迅有过密切交往。）

气和节似乎原是两个各自独立的意念。《左传》上有"一鼓作气"的话，是说战斗的。后来所谓"士气"就是这个气，也就是"斗志"；这个"士"指的是武士。孟子提倡的"浩然之气"，似乎就是这个气的转变与扩充。他说"至大至刚"，说"养勇"，都是带有战斗性的。"浩然之气"是"集义所生"，

作者首先严谨地区分"气"与"节"，近于学术的考释。先说"气"。

"义"就是"有理"或"公道"。后来所谓"义气",意思要狭隘些,可也算是"浩然之气"的分支。现在我们常说的"正义感",虽然特别强调现实,似乎也还可以算是跟"浩然之气"联系着的。至于文天祥所歌咏的"正气",更显然跟"浩然之气"一脉相承。(编者注:文天祥的《正气歌》有云:天地有正气,杂然赋流形。/下则为河岳,上则为日星。/于人曰浩然,沛乎塞苍冥。/皇路当清夷,含和吐明庭。/时穷节乃见,一一垂丹青……作者所说"那消极的节"可以在下文中得到理解。)不过在笔者看来两者却并不完全相同,文氏似乎在强调那消极的节。

节的意念也在先秦时代就有了,《左传》里有"圣达节,次守节,下失节"的话。古代注重礼乐,乐的精神是"和",礼的精神是"节"。礼乐是贵族生活的手段,也可以说是目的。他们要定等级,明分际,要有稳固的社会秩序,所以要"节",但是他们要统治,要上统下,所以也要"和"。礼以"节"为主,可也得跟"和"配合着;乐以"和"为主,可也得跟"节"配合着。节跟和是相反相成的。明白了这个道理,我们可以说所谓"圣达节"等等的"节",是从礼乐里引申出来成了行为的标准或做人的标准;而这个节其实也就是传统的"中道"。按说"和"也

寻找灵魂的栖息地

141

再说"节"。

"重在分"之"分",是职分、本分的意思。传统意义上一般把"圣达节"理解为圣人应天命,不拘常礼也;"次守节",指贤者所为;"下失节",指愚者的妄动。

是中道，不同的是"和"重在合，"节"重在分；重在分所以重在不犯不乱，这就带上消极性了。

向来论气节的，大概总从东汉末年的党祸起头。那是所谓处士横议的时代。在野的士人纷纷的批评和攻击宦官们的贪污政治，中心似乎在太学。这些在野的士人虽然没有严密的组织，却已经在联合起来，并且博得了人民的同情。宦官们害怕了，于是乎逮捕拘禁那些领导人。这就是所谓"党锢"或"钩党"，"钩"是"钩连"的意思。从这两个名称上可以见出这是一种群众的力量。那时逃亡的党人，家家愿意收容着，所谓"望门投止"，也可以见出人民的态度，这种党人，大家尊为气节之士。气是敢作敢为，节是有所不为——有所不为也就是不合作。这敢作敢为是以集体的力量为基础的，跟孟子的"浩然之气"与世俗所谓"义气"只注重领导者的个人不一样。后来宋朝几千太学生请愿罢免奸臣，以及明朝东林党的攻击宦官，都是集体运动，也都是气节的表现。但是这种表现里似乎积极的"气"更重于消极的"节"。

在专制时代的种种社会条件之下，集体的行动是不容易表现的，于是士人的立身处世就偏向了"节"这个标准。在朝的要做忠臣。这种忠节

142

至此，把"气""节"放在一起考量，仍然有所辨识，没有统而论之。因有积极与消极之言，所以作者的取舍似乎也显而易见，更注重"气"，因为它是人生的一种积极的状态。

或是表现在冒犯君主尊严的直谏上,有时因此牺牲性命;或是表现在不做新朝的官甚至以身殉国上。忠而至于死,那是忠而又烈了。在野的要做清高之士。这种人表示不愿和在朝的人合作,因而游离于现实之外;或者更逃避到山林之中,那就是隐逸之士了。这两种节,忠节与高节,都是个人的消极的表现。忠节至多造就一些失败的英雄,高节更只能造就一些明哲保身的自了汉,甚至于一些虚无主义者。原来气是动的,可以变化。我们常说志气,志是心之所向,可以在四方,可以在千里,志和气是配合着的。节却是静的,不变的;所以要"守节",要不"失节"。有时候节甚至于是死的,死的节跟活的现实脱了榫,于是乎自命清高的人结果变了节,冯雪峰先生论到周作人,就是眼前的例子。(编者注:周作人,现代散文家、诗人、文学翻译家,鲁迅之弟。1931年"九·一八"事变后,对中国前途悲观失望。抗日战争爆发后,投靠日本,出任伪北京大学文学院长、伪华北政务委员会教育总署督办,堕落成为汉奸文人。)从统治阶级的立场看,"忠言逆耳利于行",忠臣到底是维护着这个阶级的,而清高之士消纳了叛逆者,也是有利于这个阶级的。所以宋朝人说"饿死事小,

"节"的消极意义在于,"节"需要守,往往是外物强加给人的规范与标准,在这个意义上,守节就表现得有些被动,失节更为人所不齿。

143

失节事大"，原先说的是女人，后来也用来说士人，这正是统治阶级代言人的口气，但是也表示着到了那时代士的个人地位的增高和责任的加重。（编者注："饿死事小，失节事大"，语出《二程全书·遗书二十二》："又问：'或有孤孀贫穷无托者，可再嫁否？'曰：'只是后世怕寒饿死，故有是说。然饿死事极小，失节事极大！'"对妇女的贞操问题，中国传统文化经历了由宽松到苛严的过程。到了宋朝，才开始对妇女加强迫害，订立片面的苛刻标准，即男人可以随便再娶，妇女则绝对不可以再嫁。）

　　"士"或称为"读书人"，是统治阶级最下层的单位，并非"帮闲"。他们的利害跟君相是共同的，在朝固然如此，在野也未尝不如此。固然在野的处士可以不受君臣名分的束缚，可以"不事王侯，高尚其事"，但是他们得吃饭，这饭恐怕还得靠农民耕给他们吃，而这些农民大概是属于他们做官的祖宗的遗产的。<u>"躬耕"往往是一句门面话，就是偶然有个把真正躬耕的如陶渊明，精神上或意识形态上也还是在负着天下兴亡之责的士，陶的《述酒》等诗就是证据。</u>可见处士虽然有时横议，那只是自家人吵嘴闹架，他们生活的基础一般的主要的还是在农民的劳动上，跟君主与在朝的大夫并无两样，而一

说气节，一定要谈到坚守气节的"士"；一定也要谈到"士"的代表人物陶渊明。但是，这些都是传统意义的"士"，作者重点要谈现代社会"士"的变化。

般的主要的意识形态,彼此也是一致的。

　　然而士终于变质了,这可以说是到了民国时代才显著。从清朝末年开设学校,教员和学生渐渐加多,他们渐渐各自形成一个集团;其中有不少的人参加革新运动或革命运动,而大多数也倾向着这两种运动。这已是气重于节了。等到民国成立,理论上人民是主人,事实上是军阀争权。这时代的教员和学生意识着自己的主人身份,游离了统治的军阀;他们是在野,可是由于军阀政治的腐败,却渐渐获得了一种领导的地位。他们虽然还不能和民众打成一片,但是已经在渐渐的接近民众。五四运动划出了一个新时代。自由主义建筑在自由职业和社会分工的基础上。教员是自由职业者,不是官,也不是候补的官。学生也可以选择多元的职业,不是只有做官一路。他们于是从统治阶级独立,不再是"士"或所谓"读书人",而变成了"知识分子",集体的就是"知识阶级"。(编者注:民国开始,"士"的内涵终于有了变化,"五四运动划出了一个新时代",最突出的变化就是"意识到主人的身份,游离了统治的军阀","已经渐渐地接近民众",逐渐形成了有别于传统"士"的现代知识分子阶层。这是中国社会一个重要的变化,然而走上"独立"于统

治阶级之路并不容易,近一百年来,中国知识分子作为独立的社会力量仍上下求索着。)残余的"士"或"读书人"自然也还有,不过只是些残余罢了。这种变质是中国现代化的过程的一段,而中国的知识阶级在这过程中也曾尽了并且还在想尽他们的任务,跟这时代世界上别处的知识阶级一样,也分享着他们一般的运命。<u>若用气节的标准来衡量,这些知识分子或这个知识阶级开头是气重于节,到了现在却又似乎是节重于气了。</u>(编者注:这段文字意味深长,作者没法说透。但是,联系上文,聪明的读者都会知道作者有所讽喻。之所以"到了现在却又似乎是节重于气了",原因就在于身处一个"专制的时代","集体的行动是不容易表现的,于是士人的立身处世就偏向了'节'这个标准"。)

知识阶级开头凭着集团的力量勇猛直前,打倒种种传统,那时候是敢作敢为一股气。可是这个集团并不大,在中国尤其如此,力量到底有限,而与民众打成一片又不容易,于是碰到集中的武力,甚至加上外来的压力,就抵挡不住。而一方面广大的民众抬头要饭吃,他们也没法满足这些饥饿的民众。他们于是失去了领导的地位,逗留在这夹缝中间,渐渐感觉着不自由,闹了个"四大金刚悬空八只

作者对五四新文化运动充满美好的回忆和热情的赞美。对现实的社会环境有些失望,但"等着瞧"的不经意中透着深切的期盼。

脚"。他们于是只能保守着自己,这也算是节罢;也想缓缓的落下地去,可是气不足,得等着瞧。可是这里的是偏于中年一代。青年一代的知识分子却不如此,他们无视传统的"气节",特别是那种消极的"节",替代的是"正义感",接着"正义感"的是"行动",其实"正义感"是合并了"气"和"节","行动"还是"气"。这是他们的新的做人的尺度。等到这个尺度成为标准,知识阶级大概是还要变质的罢?(编者注:作者把希望寄托在青年知识分子身上,他们身上少有传统文化的消极面,更多了一层现代人的特质——行动。作为中国新文化运动的启蒙者,朱自清先生一直在努力做一个有独立精神的现代知识分子,他和他的同时代人,如闻一多等,也以自己的行为引领着年轻一代的知识分子奋力前行。只是,到了今天,当我们重温先生的思想时,我们能够告慰先驱者的英灵吗?先生的期盼应该在一代代后人的努力中逐渐变成现实。

这篇文章思路清晰、结构缜密、观点鲜明、笔力集中、文字洗练,与先生二十年代的议论文相比,我们可以明显地感受到作者文风的成熟、技巧的圆通。)

1947 年 4 月 13、14 日作

1. 建议对《我们现在怎样做父亲》(鲁迅)、《记念刘和珍君》(鲁迅)、《悼刘和珍、杨德群女士》(林语堂)等文关注一下,作为中国现代史上重大历史事件,亲历这段历史的人在感受和看法上有何异同?

2. 《新事论·赞中华》(冯友兰《三松堂全集》第四卷)、《正气歌》(文天祥)等,都是与《论气节》内容相关的其他作品,可以帮助读者更好地打开视野,兼容并蓄。

3. 阅读《知识分子今天的任务》(朱自清),建议把这篇文章的阅读和对朱自清的理解结合起来,也许对朱自清的认识会更进一步。

第四单元 / 智者的见地

　　在中国现代文化史上有一种现象引人注目：有些人可能是诗人、小说家、戏剧家，同时可能又是文学研究专家、史学家、出版家、资深报人。他们中的许多人从来不以著名作家的头衔自诩。作为真实的人，他们在社会生活的不同领域踏踏实实地做着许多文化工作。1925 年以后的朱自清，在清华大学校园找到了安身立命之所，直至逝世，除却抗战期间西南联大的颠沛流离，他再也没有离开过清华园。他是中文系教授，教授中国古典文学，但他从没有把自己封闭在学术的象牙塔中，长期致力于文化的普及和推广工作。《经典常谈》等著作和文章，深入浅出，举重若轻，至今已成为传播经典的经典之作，他朴素的文化批评充满睿智的眼光。

寻找灵魂的栖息地

150

点出诗集题名为
《忆》的缘由:从现实
出发,追寻已逝的时
光,唯一的途径就是
"忆"。

(编者注:跋,也叫题跋,属文体的一种。写在
书籍或文章之后,用来评价内容或说明写作经过。
《忆》是俞平伯第三本诗集。由写诗、懂诗的好友
写跋,真是一个明智的选择。)

小燕子其实也无所爱,

只是沉浸在朦胧而飘忽的夏夜梦里罢了。

——《忆》第三十五首

人生若真如一场大梦,这个梦倒也很有趣的。
在这个大梦里,一定还有长长短短,深深浅浅,肥肥
瘦瘦,甜甜苦苦,无数无数的小梦。(编者注:为诗
集作跋,一定也要有诗的情怀。作者开篇便把人生
比作"一场大梦",此梦非彼梦,没有虚空和失落,
只觉得可爱难忘。你看,作者用了一连串的叠字描
写无数"小梦"的感觉,充满童趣。)有些已经随着
日影飞去;有些还远着哩。飞去的梦便是飞去的生
命,所以常常留下十二分的惋惜,在人们心里。人
们往往从"现在的梦"里走出,追寻旧梦的踪迹,正
如追寻旧日的恋人一样;他越过了千重山,万重水,

一直地追寻去。这便是"忆的路"。"忆的路"是愈过愈广阔的,是愈过愈平坦的;曲曲折折的。

路旁,隐现着几多的驿站,是行客们休止的地方。最后的驿站,在白板上写着朱红的大字:"儿时"。这便是"忆的路"的起点,平伯君所徘徊而不忍去的。(编者注:踏上回忆的旅途,回溯的最后一站叫做"儿时"。作者用诗一般的语言和意境打开这本诗集:回忆童年时光。

"徘徊而不忍去"是作为好友朱自清对朋友情感世界的深深理解。)

飞去的梦因为飞去的缘故,一律是甜蜜蜜而又酸溜溜的。这便合成了别一种滋味,就是所谓惆怅。而"儿时的梦"和现在差了一世界,那酝酿着的惆怅的味儿,更其肥腴得可以,真腻得人没法儿!(编者注:"惆怅"是因为"儿时的梦"已经飞去。把"惆怅的味儿"渲染到"肥腴",足见对童年时光怀念之深切,似乎到了无法自拔的地步。)你想那颗一丝不挂欲又爱着一切的童心,眼见得在那隐约的朝雾里,凭你怎样招着你的手儿,总是不回到腔子里来;这是多么"缺"呢?于是平伯君觉着闷得慌,便老老实实地,像春日的轻风在绿树间微语一般,低低地,密密地将他的可忆而不可捉的"儿时"诉给你。他虽然不能长

寻找灵魂的栖息地

151

"缺",是一种难以言说的感觉:遗憾、惆怅、失落、虚空……

"像春日的清风"句,用形象的语言写出俞平伯诗歌的风格:温婉细腻。

住在那"儿时"里,但若能多招呼几个伴侣去徘徊几番,也可略减他的空虚之感,那惆怅的味儿,便不至老在他的舌本上腻着了。这是他的聊以解嘲的法门,我们都多少能默喻的。

《忆》主题之一:爱。

在朦胧的他儿时的梦里,有像红蜡烛的光一跳一跳的,便是爱。他爱故事讲得好的姊姊,他爱唱沙软而重的眠歌的乳母,他爱流苏帽儿的她。他也爱翠竹丛里一万的金点子和小枕头边一双小红橘子;也爱红绿色的蜡泪和爸爸的顶大的斗篷;也爱翦啊翦啊的燕子和躲在杨柳里的月亮……他有着纯真的,烂漫的心;凡和他接触的,他都与他们稔熟,亲密——他一律地拥抱了他们。所以他是自然(人也在内)的真朋友!(编者注:把人也放在自然中,不仅是一种博爱,更是一种对世界的深刻认识,是天人合一的美好境界。)

《忆》主题之二:自然。

他所爱的还有一件,也得给你提明的,便是黄昏与夜。他说他将像小燕子一样,沉浸在夏夜梦里,便是分明的自白。在他的"忆的路"上,在他的"儿时"里,满布着黄昏与夜的颜色。夏夜是银白色的,带着栀子花儿的香;秋夜是铁灰色的,有青色的油盏火的微芒;春夜最热闹的是上灯节,有各色灯的辉煌,小烛的摇荡;冬夜是数除夕了,红的、绿

春夏秋冬的"夜"充满色彩,是诗人眼里的,更是孩子眼里的。

寻找灵魂的栖息地

的、淡黄的颜色，便是年的衣裳。在这些夜里，他那生活的模样儿啊，短短儿的身材，肥肥儿的个儿，甜甜儿的面孔，有着浅浅的笑涡；这就是他的梦，也正是多么可爱的一个孩子！至于那黄昏，都笼罩着银红衫儿，流苏帽儿的她的朦胧影，自然也是可爱的！——但是，他为甚么爱夜呢？聪明的你得问了。我说夜是浑融的，夜是神秘的，夜张开了她无长不长的两臂，拥抱着所有的所有的，但你却瞅不着她的面目，摸不着她的下巴；这便因可惊而觉着十三分的可爱。堂堂的白日，界画分明的白日，分割了爱的白日，岂能如她的系着孩子的心呢？夜之国，梦之国，正是孩子的国呀，正是那时的平伯君的国呀！（编者注：与其说是成人理性的追问，不如说是孩童心灵世界的探寻。作者也在用一颗细腻敏感的心感受诗人和儿童世界的美好。）

　　平伯君说他的忆中所有的即使是薄薄的影，只要它们历历而可画，他便摇动了那风魔了的眷念。他说"历历而可画"，原是一句绮语；谁知后来真有为他"历历画出"的子恺君呢？他说"薄薄的影"，自是撝谦的话；但这一个"影"字却是以实道实，确切可靠的。子恺君便在影子上着了颜色——若根据平伯君的话推演起来，子恺君可说是厚其所薄

寻找灵魂的栖息地

153

　　"绮语"，美妙的语句。苏东坡就有"新诗绮语亦安用，相与变灭随东风"（苏轼《登州海市》）的诗句。

了。（编者注：作者不仅是诗人的好朋友，而且是一位有眼光、有品位的文艺鉴赏家。他把俞平伯的诗和丰子恺的画巧妙地联系在一起，古人所说的"诗中有画，画中有诗"的艺术趣味因为两位朋友的创作呈现珠联璧合的美景。丰子恺的漫画有一个非常主要的主题，即童真的讴歌。"撝（hui 阴平）谦"，谦虚之意。）影子上着了颜色，确乎格外分明——我们不但能用我们的心眼看见平伯君的梦，更能用我们的肉眼看见那些梦，于是更摇动了平伯君以外的我们的风魔了的眷念了。而梦的颜色加添了梦的滋味；便是平伯君自己，因这一画啊，只怕也要重落到那闷人的，腻腻的惆怅之中而难以自解了！至于我，我呢，在这双美之前，只能重复我的那句老话："我的光荣啊，我若有光荣啊！"

我的儿时现在真只剩下"薄薄的影"。我的"忆的路"几乎是直如矢的；像被大水洗了一般，寂寞到可惊的程度！这大约因为我的儿时实在太单调了；沙漠般展伸着，自然没有我的"依恋"回翔的余地了。平伯君有他的好时光，而以不能重行占领为恨；我是并没有好时光，说不上占领，我的空虚之感是两重的！但人生毕竟是可以相通的；平伯君诉给我们他的"儿时"，子恺君又画出了它的轮廓，我

由《忆》勾起对自己童年的回忆；由自己童年的"单调"衬托诗人童年的丰腴。

结尾的文字强调了《忆》这本诗集的价值：人生是相通的，诗人美好的回忆充实了自己人生的感受。

们深深领受的时候，就当是我们自己所有的好了。"你的就是我的，我的就是你的"，岂止"慰情聊胜无"呢？培根说："读书使人充实"。在另一意义上，你容我说吧，这本小小的书确已使我充实了！

（编者注：作为诗集的跋，作为抒写儿童时光的诗集的跋，我们找不到比这篇文字更合适的感觉了，它本身就是诗的感觉，是童真的心灵追寻，是感性的、灵动的诗的礼赞。）

1924 年 8 月 17 日，温州

——《子恺漫画》代序

竹久梦二,日本著名的画家和诗人,时至今日依然对日本的美术有着重要影响。

（编者注：序，亦作"叙"，序言。介绍评述一部著作或一篇文章的文字。后亦用作赠序体文章的名称。

丰子恺在浙江上虞白马湖畔的春晖中学任教期间，创作了许多率性、自然、隽永的图画，深得夏丏尊、朱自清等同事好友的喜爱，后被郑振铎发现并欣赏，写信约丰子恺出版专集。1926年，《子恺漫画》由开明书店出版，前有郑振铎、夏丏尊、朱自清作序，后有俞平伯跋，可以说是隆重推出。"漫画"一词也从此出现在汉语词汇中。）

子恺兄：

知道你的漫画将出版，正中下怀，满心欢喜。

你总该记得，有一个黄昏，白马湖上的黄昏，在你那间天花板要压到头上来的，一颗骰子似的客厅里，你和我读着竹久梦二的漫画集。你告诉我那篇序做得有趣，并将其大意译给我听。我对于画，你最明白，彻头彻尾是一条门外汉。但对于漫画，却常常要像煞有介事地点头或摇头；而点头的时候总比摇头的时候多——虽没有统计，我肚里有数那一天我自然也乱点了一回头。

　　点头之余，我想起初看到一本漫画，也是日本人画的。里面有一幅，题目似乎是《□□子爵の泪》（上两字已忘记），画着一个微侧的半身像：他严肃的脸上戴着眼镜，有三五颗双钩的泪珠儿，滴滴答答利利落落地从眼睛里掉下来。我同时感到伟大的压迫和轻松的愉悦，一个奇怪的矛盾！梦二的画有一幅——大约就是那画集里的第一幅——也使我有类似的感觉。那幅的题目和内容，我的记性真不争气，已经模糊得很。只记得画幅下方的左角或右角里，并排地画着极粗极肥又极短的一个"！"和一个"？"。可惜我不记得他们哥儿俩谁站在上风，谁站在下风。我明白（自己要脸）他们俩就是整个儿的人生的谜；同时又觉着像是哪儿常常见着的两个胖孩子。我心眼里又是糖浆，又是姜汁，说不上是什么味儿。无论如何，我总得惊异；涂呀抹的几笔，便造起个小世界，使你又要叹气又要笑。叹气虽是轻轻的，笑虽是微微的，似一把锋利的裁纸刀，戳到喉咙里去，便可要你的命。而且同时要笑又要叹气，真是不当人子，闹着玩儿！

　　话说远了。现在只问老兄，那一天我和你说什么来着？——你觉得这句话有些儿来势汹汹，不易

这段转述漫画内容的文字也像漫画的勾勒一样简洁，寥寥数语，一幅画便呈现在读者面前。

对竹久梦二漫画的介绍充满童趣，理解却非常深刻。

形象生动地写出漫画的感染力和影响力。

寻找灵魂的栖息地

157

招架吗? 不要紧,且看下文——我说:"你可和梦二一样,将来也印一本。"你大约不曾说什么;是的,你老是不说什么的。我之说这句话,也并非信口开河,我是真的那么盼望着的。<u>况且那时你的小客厅里,互相垂直的两壁上,早已排满了那小眼睛似的漫画的稿;微风穿过它们间时,几乎可以听出飒飒的声音。</u>(编者注:这样生动传神的描写,写的是客厅景观,表达的是丰子恺先生对画的喜爱和努力,画集的出版自然是水到渠成、众望所归的事。)我说的话,便更有把握。现在将要出版的《子恺漫画》,他可以证明我不曾说谎话。

你这本集子里的画,我猜想十有八九是我见过的。我在南方和北方与几个朋友空口白嚼的时候,有时也嚼到你的漫画。我们都爱你的漫画有诗意;一幅幅的漫画,就如一首首的小诗——带核儿的小诗。你将诗的世界东一鳞西一爪地揭露出来,我们这就像吃橄榄似的,老觉着那味儿。(编者注:高度评价丰子恺先生的画。"画中有诗,自然是上乘之作,作者特别强调是"带核儿"的小诗,极言诗意浓郁,意味深长,耐得住反复咀嚼。"东一鳞西一爪"是形象的说法,犹如"窥一斑而知全豹",言画面有限而意蕴无限。)《花生米不满足》使我们回到

愈懒的儿时，《黄昏》使我们沉入悠然的静默。你到上海后的画，却又不同。你那和平愉悦的诗意，不免要搀上了胡椒末；在你的小小的画幅里，便有了人生的鞭痕。我看了《病车》，叹气比笑更多，正和那天看梦二的画时一样。但是，老兄，真有你的，上海到底不曾太委屈你，瞧你那《买粽子》的劲儿！你的画里也有我不爱的：如那幅《楼上黄昏，马上黄昏》，楼上与马上的实在隔得太近了。你画过的《忆》里的小孩子，他也不赞成。（编者注：一声"老兄"，道出同道知己的感情，那"真有你的"、"瞧你那……的劲儿"说出了发自内心的赞叹。作者没有也不能用理性的文字评价朋友的话，因为其中有着太多的共鸣和欣赏之情。）今晚起了大风，北方的风可不比南方的风，使我心里扰乱；我不再写下去了。（编者注：结尾的"风"撩起了身在北方的朱自清先生对南方家园、对尚在南方生活的朋友的无比思念，文章就在作者禁不住的思念中搁笔结束了，这就是意犹未尽、意在言外的妙处了。）

特别指出"到上海后的画"，在诗意上搀了辣味儿，有讽喻和鞭挞，内容更加丰厚。

寻找灵魂的栖息地

159

1926 年 11 月 2 日，北平

寻找灵魂的栖息地

160

第一段追溯诗的
源头在传唱的歌谣。

（编者注：朱自清先生认为"在中等以上的教育里，经典训练应该是一个必要的项目。"因为"经典训练的价值不在使用，而在文化"。而"我国的经典，未经整理，读起来特别难，一般人往往望而生畏，结果是敬而远之"。为此，四十年代初期，在西南联大执教的朱自清先生利用休假的时间完成了《经典常谈》的写作。叶圣陶先生极力推崇此书，大力宣传此书是中学生和中学教师的必备书，当时读者群甚众，甚至有人认为不读《经典常谈》，过不了考试关。半个多世纪过去了，我们更看到了这本书的真正价值。）

诗的源头是歌谣。上古时候，没有文字，只有唱的歌谣，没有写的诗。一个人高兴的时候或悲哀的时候，常愿意将自己的心情诉说出来，给别人或自己听。日常的言语不够劲儿，便用歌唱；一唱三叹的叫别人回肠荡气。唱叹再不够的话，便手也舞起来了，脚也蹈起来了，反正要将劲儿使到了家。碰到节日，大家聚在一起酬神作乐，唱歌的机会更多。或一唱众和，或彼此竞胜。传说葛天氏的乐八章,三个人唱,拿着牛尾,踏着脚,似乎就是描写这种光景的。歌谣越唱越多,虽没有书,却存在人的记忆里。有了现成的歌儿,就可借他人酒杯,浇自己块垒;随时拣一支合式的唱唱,也足可消愁解闷。若没有完全合式的,尽可删一些、改一些,到称意为止。流行的歌谣中往往不同的词句并行不悖,就是为此。可也有经过众人修饰,成为定本的。歌谣真可说是"一人的机锋,多人的智慧了"。

歌谣可分为徒歌和乐歌。徒歌是随口唱,乐歌是随着乐器唱。徒歌也有节奏,手舞脚蹈便是帮助节奏的;可是乐歌的节奏更规律化些。乐器在中国似乎早就有了,《礼记》里说的土鼓土槌儿、芦管儿,也许是我们乐器的老祖宗,到了《诗经》时代,有了琴瑟钟鼓,已是洋洋大观了。歌谣的节奏,最主要的靠重叠或叫复沓;本来歌谣以表情为主,只要翻来覆去将情表到了家就成,用不着费话。重叠可以说原是歌谣的生命,节奏也便建立在这上头。字数的均齐,韵脚的调协,似乎是后来发展出来的。有了这些,重叠才在诗歌里失去主要的地位。

有了文字以后,才有人将那些歌谣记录下来,便是最初的写的诗了。(编者注:文字使"歌"变成了"诗"。可以这么说,可以入乐的为歌,不入乐的

对歌谣的种类作考证。

重点介绍歌谣的重要表现形式:重章叠句。

161

寻找灵魂的栖息地

叫诗。)但记录的人似乎并不是因为欣赏的缘故，更不是因为研究的缘故。他们大概是些乐工，乐工的职务是奏乐和唱歌；唱歌得有词儿，一面是口头传授，一面也就有了唱本儿。歌谣便是这么写下来的。我们知道春秋时的乐工就和后世阔人家的戏班子一样，老板叫作太师。那时各国都养着一班乐工，各国使臣来往，宴会时都得奏乐唱歌。太师们不但得搜集本国乐歌，还得搜集别国乐歌。不但搜集乐词，还得搜集乐谱。那时的社会有贵族与平民两级。太师们是伺候贵族的，所搜集的歌儿自然得合贵族们的口味；平民的作品是不会入选的。(编者注：《诗经》中的诗如何搜集而来，说法不一。据汉人记载，周代设有专门采诗的官吏，叫做"行人"，在春季到各地采集民间歌谣，献给太师，配好乐谱，再献给天子，目的是供王者"观风俗，知得失"。这样，大量的民歌就集中到宫廷来了。这就是采风。《诗经》中大部分诗歌都出于此。)他们搜得的歌谣，有些是乐歌，有些是徒歌。徒歌得合乐才好用。合乐的时候，往往得增加重叠的字句或章节，便不能保存歌词的原来样子。除了这种搜集的歌谣以外，太师们所保存的还有贵族们为了特种事情，如祭祖、宴客、房屋落成、出兵、打猎等等作的诗。这些可以说是典礼的诗。又有讽谏、颂美等等的献诗；献诗是臣下作了献给君上，准备让乐工唱给君上听的，可以说是政治的诗。太师们保存下这些唱本儿，带着乐谱；唱词儿共有三百多篇，当时通称作"诗三百"。到了战国时代，贵族渐渐衰落，平民渐渐抬头，新乐代替了古乐，职业的乐工纷纷散走。乐谱就此亡失，但是还有三百来篇唱词儿流传下来，便是后来的《诗经》了。

《诗经》早期就叫《诗》，又可通称为《诗三百》。把《诗》称之为经书之一，是汉代的事儿了。

　　"诗言志"是一句古话；"诗"这个字就是"言"，"志"两个字合成的。但古代所谓"言志"和现在所谓"抒情"并不一样；那"志"总是关联着政治或教化的。（编者注："诗言志，歌永言"，最早语出《尚书·尧典》。朱自清先生在他论述中国诗学的经典性著作——《诗言志辨》中，称"诗言志"为中国诗学的"开山的纲领"。）春秋时通行赋诗。在外交的宴会里，各国使臣往往得点一篇诗或几篇诗叫乐工唱。这很像现在的请客点戏，不同处是所点的诗句必加上政治的意味。这可以表示这国对那国或这人对那人的愿望、感谢、责难等等，都从诗篇里断章取义。断章取义是不管上下文的意义，只将一章中一两句拉出来，就当前的环境，作政治的暗示，如《左传》襄公二十七年，郑伯宴晋使赵孟于垂陇，赵

作者对"断章取义"的解说准确而通俗，有定义有例子。

寻找灵魂的栖息地

孟请大家赋诗,他想看看大家的"志"。子太叔赋的是《野有蔓草》。原诗首章云:"野有蔓草,零露溥兮,有美一人,清扬婉兮。邂逅相遇,适我愿兮。"子太叔只取末两句,借以表示郑国欢迎赵孟的意思;上文他就不管。全诗原是男女私情之作,他更不管了。可是这样办正是"诗言志";在那回宴会里,赵孟就和子太叔说了"诗以言志"这句话。(编者注:这段话出自《论语·学而篇》。子贡曰:"贫而无谄,富而无骄,何如?"子曰:"可也;未若贫而乐,富而好礼者也。"子贡曰:"《诗云》:'如切如磋,如琢如磨',其斯之谓与?"子曰:"赐也,始可与言《诗》已矣,告诸往而知来者。")

到了孔子时代,赋诗的事已经不行了,孔子却采取了断章取义的办法,用诗来讨论做学问做人的道理。"如切如磋,如琢如磨",本来说的是治玉;他却将玉比人,用来教训学生做学问的工夫。"巧笑倩兮,美目盼兮,素以为绚兮",本来说的是美人,所谓天生丽质。他却拉出末句来比方作画,说先有白底子,才会有画,是一步步进展的;作画还是比方,他说的是文化,人先是朴野的,后来才进展了文化——文化必须修养而得,并不是与生俱来的。他如此解诗,所以说"思无邪"一句话可以包括"诗三

164

语出《论语·为政第二》。子曰:"诗三百",一言以蔽之,曰:"思无邪。"

孔子对弟子们讲解《诗》教化的重要意义时说:"小子何莫学夫《诗》?《诗》,可以兴,可以观,可以群,可以怨。迩之事父,远之事君。多识于鸟兽草木之名。"(《阳货》第十七)

百"的道理;又说诗可以鼓舞人,联合人,增加阅历,发泄牢骚,事父事君的道理都在里面。孔子以后,"诗三百"成为儒家的六经之一,《庄子》和《荀子》里都说到"诗言志",那个"志"便指教化而言。

但春秋时列国的赋诗只是用诗,并非解诗;那时诗的主要作用还在乐歌,因乐歌而加以借用,不过是一种方便罢了。至于诗篇本来的意义,那时原很明白,用不着讨论。到了孔子时代,诗已经不常歌唱了,诗篇本来的意义,经过了多年的借用,也渐渐含糊了。他就按着借用的办法,根据他教授学生的需要,断章取义的来解释那些诗篇。后来解释《诗经》的儒生都跟着他的脚步走。最有权威的毛氏《诗传》和郑玄《诗笺》,差不多全是断章取义,甚至断句取义——断句取义是在一句、两句里拉出一个两个字来发挥,比起断章取义,真是变本加厉了。(编者注:作者对孔子在《诗经》上的作用偏于贬义,多次强调孔子"断章取义"的问题。另有孔子删诗说,作者没有提到。据说原有古诗 3000 篇,孔子根据礼义的标准编选了其中 300 篇,整理出了《诗经》。现在通常认为《诗经》为各诸侯国协助周朝朝廷采集,之后由史官和乐师编纂整理而成。孔子也参与了这个整理的过程。)

毛氏有两个人：一个毛亨，汉时鲁国人，人称为大毛公；一个毛苌，赵国人，人称为小毛公。是大毛公创始《诗经》的注解，传给小毛公，在小毛公手里完成的。郑玄是东汉人，他是专给毛《传》作《笺》的，有时也采取别家的解说。不过别家的解说在原则上也还和毛氏一鼻孔出气，他们都是以史证诗。他们接受了孔子"无邪"的见解，又摘取了孟子的"知人论世"的见解，以为用孔子的诗的哲学，别裁古代的史说，拿来证明那些诗篇是什么时代作的，为什么事作的，便是孟子所谓"以意逆志"。其实孟子所谓"以意逆志"倒是说要看全篇大意，不可拘泥在字句上，与他们不同。（编者注："思无邪"有多种理解，比较好的是司马迁说的"国风好色而不淫，小雅怨诽而不乱"。孔子认为《诗三百》写男女情爱而不过分；虽对王室政治有所讽刺，但不好做直接的、尖锐的揭露和批评，故而教人以"温柔敦厚"。"以意逆志"的"逆"，"揣测"之意。语出《孟子·万章上》。）他们这样猜出来的作诗人的志，自然不会与作诗人相合，但那种志倒是关联着政治教化而与"诗言志"一语相合的。这样的以史证诗的思想，最先具体的表现在《诗序》里。

《诗序》有《大序》、《小序》。《大序》好像总

论,托名子夏,说不定是谁作的。小序每篇一条,大约是大、小毛公作的。以史证诗,似乎是《小序》的专门任务;传里虽也偶然提及,却总以训诂为主,不过所选取的字义,意在助成序说,无形中有个一定方向罢了。可是《小序》也还是泛说的多,确指的少。到了郑玄,才更详密的发展了这个条理。他按着《诗经》中的国别和篇次,系统的附和史料,编成了《诗谱》,差不多给每篇诗确定了时代;《笺》中也更多的发挥了作为各篇诗的背景的历史。以史证诗,在他手里算是集大成了。(编者注:郑玄,东汉末年的经学大师,他遍注儒家经典,以毕生精力整理古代文化遗产,使经学进入了一个"小统一时代"。他对儒家经典的注释,长期被封建统治者作为官方教材,收入九经、十三经注疏中,对于儒家文化乃至整个中国文化的流传有相当大的影响。)

　　《大序》说明诗的教化作用,这种作用似乎建立在风、雅、颂、赋、比、兴所谓"六义"上。《大序》只解释了风、雅、颂。说风是风化(感化)、讽刺的意思,雅是正的意思,颂是形容盛德的意思。这都是按着教化作用解释的。照近人的研究,这三个字大概都从音乐得名。风是各地方的乐调,《国风》便是各国土乐的意思。雅就是"乌"字,似乎描写

关于《诗经》中诗的分类,有"四始六义"之说。"四始"指《风》、《大雅》、《小雅》、《颂》的四篇列首位的诗。"六义"则指"风、雅、颂、赋、比、兴"。"风、雅、颂"是按音乐的不同对《诗经》的分类,"赋、比、兴"是《诗经》常见的表现手法。

这种乐的呜呜之音。雅也就是"夏"字,古代乐章叫作"夏"的很多,也许原是地名或族名。雅又分《大雅》《小雅》,大约也是乐调不同的缘故。颂就是"容"字,容就是"样子";这种乐连歌带舞,舞就有种种样子了。风、雅、颂之外,其实还该有个"南"。南是南音或南调,《诗经》中《周南》、《召南》的诗,原是相当于现在河南、湖北一带地方的歌谣。《国风》旧有十五,分出二南,还剩十三,而其中邶、墉两国的诗,现经考定,都是卫诗,那么只有十一《国风》了。(编者注:《国风》的数量,此处为一家之说,有考证学上的依据,但现在通行的说法还是十五《国风》,大约是延续约定俗成的习惯。)颂有《周颂》、《鲁颂》、《商颂》,《商颂》经考定实是《宋颂》。至于搜集的歌谣,大概是在二南、《国风》和《小雅》里。

赋、比、兴的意义,说数最多。大约这三个名字原都含有政治和教化的意味。赋本是唱诗给人听,但在《大序》里,也许是"直铺陈今之政教善恶"的意思。比、兴都是《大序》所谓"主文而谲谏";不直陈而用譬喻叫"主文",委婉讽刺叫"谲谏"。说的人无罪,听的人却可警诫自己。《诗经》里许多譬喻就在比兴的看法下,断章断句的硬派作政教的

"赋、比、兴"是诗的表现手法。"赋"是直陈其事,描述一件事情的经过。"比"是打比方,用一个事物比喻另一个事物。"兴"是从一个事物联想到另外一件事物。

意义了。比、兴都是政教的譬喻，但在诗篇发端的叫做兴。《毛传》只在有兴的地方标出，不标赋、比；想来赋义是易见的，比、兴虽都是曲折成义，但兴在发端，往往关系全诗，比较更重要些，所以便特别标出了。《毛传》标出的兴诗，共一百十六篇，《国风》中最多，《小雅》第二；按现在说，这两部分搜集的歌谣多，所以譬喻的句子也便多了。

（编者注：作者介绍了《诗经》的源起、流传过程中的变化和后人对它的理解。由此，我们可以看到一本经典形成的过程，可以得到的启示之一就是：在我们了解了经典如何产生之后，应该让它更像诗，而不能使它更像"经"，应该通过真实而人性化的解读，让它回归到歌谣的原点上。）

——论百读不厌

（编者注：当文化变成快餐的时代已经到来的时候，阅读朱自清先生的《论百读不厌》，也许不合时宜。但是，无可置疑的是，令人百读不厌的经典依然是一部分读者丰盛的精神盛宴。）

寻找灵魂的栖息地

从一次讨论会的争论说起，自然引入议论的主要话题，也说明讨论的话题有针对性，人们在认识上有困惑，不统一，是一个有价值的议题。赵树理，现代著名小说作家。他的作品具有独特的民族形式和民族风格，代表作有《小二黑结婚》、《李有才板话》、《三里湾》等。

170

前些日子参加了一个讨论会，讨论赵树理先生的《李有才板话》。座中一位青年提出了一件事实：他读了这本书觉得好，可是不想重读一遍。大家费了一些时候讨论这件事实。有人表示意见，说不想重读一遍，未必减少这本书的好，未必减少它的价值。但是时间匆促，大家没有达到明确的结论。一方面似乎大家也都没有重读过这本书，并且似乎从没有想到重读它。<u>然而问题不但关于这一本书，而是关于一切文艺作品。</u>（编者注：作者很注意行文的过渡与递进。讨论会是一个引子，赵树理的作品是个例子，作者要由个别到一般，讨论文艺作品与"百读不厌"的关系。）为什么一些作品有人"百读不厌"，另一些却有人不想读第二遍呢？是作品的不同吗？是读的人不同吗？如果是作品不同，"百读不厌"是不是作品评价的一个标准呢？

这些都值得我们思索一番。

苏东坡有《送章惇秀才失解西归》诗,开头两句是:

旧书不厌百回读,

熟读深思子自知。

"百读不厌"这个成语就出在这里。"旧书"指的是经典,所以要"熟读深思"。《三国志·魏志·王肃传·注》:

<u>人有从(董遇)学者,遇不肯教,而云"必当先读百遍",言"读书百遍其意自见"</u>。(编者注:董遇,字季直。为人朴实敦厚,从小喜欢学习。他告诉别人要读书百遍之后,请教的人说:"(您说的有道理),只是苦于没有时间。"董遇说:"应当用'三余'时间"。有人问"三余"是什么? 董遇说:"三余就是三种空闲时间。冬天,没有多少农活。这是一年里的空闲时间;夜间,不便下地劳动,这是一天里的空闲时间;雨天,不好出门干活,也是一种空闲时间。")

<u>经典文字简短,意思深长,要多读,熟读,仔细玩味,才能了解和体会。所谓"意自见","子自知"</u>,着重自然而然,这是不能着急的。这诗句原是安慰和勉励那考试失败的章惇秀才的话,劝他回家

171

这里的经典指的是故有的文化经典,如四书五经等,即文中的"旧书",与我们当下所说的文学经典是两个概念。"意自见"的"见",同"现",显现、呈现之意。

再去安心读书，说"旧书"不嫌多读，越读越玩味越有意思。固然经典值得"百回读"，但是这里着重的还在那读书的人。简化成"百读不厌"这个成语，却就着重在读的书或作品了。这成语常跟另一成语"爱不释手"配合着，在读的时候"爱不释手"，读过了以后"百读不厌"。这是一种赞词和评语，传统上确乎是一个评价的标准。当然，"百读"只是"重读""多读""屡读"的意思，并不一定一遍接着一遍的读下去。

经典给人知识，教给人怎样做人，(编者注：经典的意义可能每个人理解上不完全一致，但朱自清先生的这个观点应该所有人都赞同：不仅给人知识，而且教给人怎样做人。)其中有许多语言的、历史的、修养的课题，有许多注解，此外还有许多相关的考证，读上百遍，也未必能够处处贯通，教人多读是有道理的。但是后来所谓"百读不厌"，往往不指经典而指一些诗，一些文，以及一些小说；这些作品读起来津津有味，重读，屡读也不腻味，所以说"不厌"；"不厌"不但是"不讨厌"，并且是"不厌倦"。诗文和小说都是文艺作品，这里面也有一些语言和历史的课题，诗文也有些注解和考证；小说方面呢，却直到近代才有人注意这些课题，于是也

这里再次出现经典与一般优秀诗文、小说的区分。

有了种种考证。但是过去一般读者只注意诗文的注解,不大留心那些课题,对于小说更其如此。他们集中在本文的吟诵或浏览上。这些人吟诵诗文是为了欣赏,甚至于只为了消遣,浏览或阅读小说更只是为了消遣,他们要求的是趣味,是快感。这跟诵读经典不一样。诵读经典是为了知识,为了教训,得认真,严肃,正襟危坐的读,不像读诗文和小说可以马马虎虎的,随随便便的,在床上,在火车轮船上都成。这么着可还能够教人"百读不厌",那些诗文和小说到底是靠了什么呢?

在笔者看来,诗文主要是靠了声调,小说主要是靠了情节。(编者注:文学经典让人"百读不厌"的魅力何在?作者的观点是:"诗文主要是靠了声调,小说主要是靠了情节"。这个观点有一定的道理,但不全面。下文提到李义山的诗,就说到,其诗歌的趣味一部分在诗歌的音乐上(即声调),还有一部分在"那些字面儿的影像上",即与我们今天说的诗歌的意象、意境相似。)过去一般读者大概都会吟诵,他们吟诵诗文,从那吟诵的声调或吟诵的音乐得到趣味或快感,意义的关系很少;只要懂得字面儿,全篇的意义弄不清楚也不要紧的。梁启超先生说过李义山的一些诗,虽然不懂得究竟是什么

"那些课题"就是上文说的"语言的、历史的、修养的课题",作者的意思,读诗文、小说,也应该注意内容的东西,即许多"课题",应有更深层面的解读。

寻找灵魂的栖息地

173

读到这里,我们明白了作者为何特别强调诗文的"声调"了,这是欣赏过程中"最容易唤起的普遍的趣味和快感"。从这个意义上讲,诗文作者要特别注意语言形式的表达,给人以阅读的声调快感。

意思,可是读起来还是很有趣味(大意)。这种趣味大概一部分在那些字面儿的影像上,一部分就在那七言律诗的音乐上。字面儿的影像引起人们奇丽的感觉;这种影像所表示的往往是珍奇,华丽的景物,平常人不容易接触到的,所谓"七宝楼台"之类。民间文艺里常常见到的"牙床"等等,也正是这种作用。民间流行的小调以音乐为主,而不注重词句,欣赏也偏重在音乐上,跟吟诵诗文也正相同。感觉的享受似乎是直接的,本能的,即使是字面儿的影像所引起的感觉,也还多少有这种情形,至于小调和吟诵,更显然直接诉诸听觉,难怪容易唤起普遍的趣味和快感。至于意义的欣赏,得靠综合诸感觉的想象力,这个得有长期的教养才成。然而就像教养很深的梁启超先生,有时也还让感觉领着走,足见感觉的力量之大。

小说的"百读不厌",主要的是靠了故事或情节。人们在儿童时代就爱听故事,尤其爱奇怪的故事。成人也还是爱故事,不过那情节得复杂些。(编者注:小说的魅力在故事或情节,这种观点看上去很普通,甚至觉得层次不高,但是非常重要。没有故事,便没有小说。朱自清先生是从读者心理的角度对小说提出基本的也是最高的创作原则。在当前的小说创作中,有一种声音也非常引人注目:必须寻回说故事的传统。)这些故事大概总是神仙、武侠、才子、佳人,经过种种悲欢离合,而以大团圆终场。悲欢离合总得不同寻常,那大团圆才足奇。小说本来起于民间,起于农民和小市民之间。在封建社会里,农民和小市民是受着重重压迫的,他们没有多少自由,却有做白日梦的自由。他们寄托他们的希望于超现实的神仙,神仙化的武侠,以及望之若神仙的上层社会的才子佳人;他们希望有朝一日自己会变成了这样的人物。这自然是不能实现的奇迹,可是能够给他们安慰、趣味和快感。他们要大团圆,正因为他们一辈子是难得大团圆的,奇情也正是常情啊。他们同情故事中的人物,"设身处地"的"替古人担忧",这也因为事奇人奇的缘故。过去的小说似乎始终没有完全移交到士大夫的手里。士大夫读小说,只是看闲书,就是作小说,也只是游戏文章,总而言之,消遣而已。他们得化装为小市民来欣赏,来写作;在他们看,小说奇于事实,只是一种玩艺儿,所以不能认真、严肃,只是消遣而已。

封建社会渐渐垮了,五四时代出现了个人,出现了自我,同时成立了新文学。新文学提高了文学

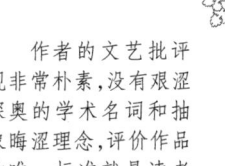

作者的文艺批评观非常朴素,没有艰涩深奥的学术名词和抽象晦涩理念,评价作品的唯一标准就是读者的要求与感受,这种对读者的尊重也使得朱自清先生的文艺批评获得永恒的魅力。

寻找灵魂的栖息地

175

新文学的出现意义深远,其中一个重要成果就是文学地位提高,文学成为经典有了时代的根基。其中"做自己的人"一语至关重要,这是作者对新时代、新文学的高度赞赏。

的地位;文学也给人知识,也教给人怎样做人,不是做别人的,而是做自己的人。可是这时候写作新文学和阅读新文学的,只是那变了质的下降的士和那变了质的上升的农民和小市民混合成的知识阶级,别的人是不愿来或不能来参加的。(编者注:新文学与旧文学的区别,在作者看来,在于是否"负着使命",即"表现着并批评着生活"。这个看法总体上是对的。但旧文学不都是"消遣"的东西。新旧文学的主要区别可能主要在于,是否自觉担负表现并批评生活的使命。新文学进入了文学干预生活的自觉时代。)而新文学跟过去的诗文和小说不同之处,就在它是认真的负着使命。早期的反封建也罢,后来的反帝国主义也罢,写实的也罢,浪漫的和感伤的也罢,文学作品总是一本正经的在表现着并且批评着生活。这么着文学扬弃了消遣的气氛,回到了严肃——古代贵族的文学如《诗经》,倒本来是严肃的。(编者注:说《诗经》是"贵族"的文学,主要是指春秋战国时期学习《诗经》成为贵族子弟的必修课,也成为上流社会交往的重要语言标志,"不学《诗》,无以言。")这负着严肃的使命的文学,自然不再注重"传奇",不再注重趣味和快感,读起来也得正襟危坐,跟读经典差不多,不能再那么马

阅读这段文字可参阅作者《论气节》中的有关内容。

寻找灵魂的栖息地

马虎虎,随随便便的。但是究竟是形象化的,诉诸情感的,跟经典以冰冷的抽象的理智的教训为主不同,又是现代的白话,没有那些语言的和历史的问题,所以还能够吸引许多读者自动去读。不过教人"百读不厌"甚至教人想去重读一遍的作用,的确是很少了。

新诗或白话诗,和白话文,都脱离了那多多少少带着人工的、音乐的声调,而用着接近说话的声调。喜欢古诗、律诗和骈文、古文的失望了,他们尤其反对这不能吟诵的白话新诗;因为诗出于歌,一直不曾跟音乐完全分家,他们是不愿扬弃这个传统的。然而诗终于转到意义中心的阶段了。古代的音乐是一种说话,所谓"乐语",后来的音乐独立发展,变成"好听"为主了。现在的诗既负上自觉的使命,它得说出人人心中所欲言而不能言的,自然就不注重音乐而注重意义了。(编者注:作者注意到新文学诗文魅力的转向:不注重音乐而注重意义了。为什么会有这样的变化?作者认为在"动乱的时代",人们表达自己的意愿特别强烈。)——一方面音乐大概也在渐渐注重意义,回到说话罢?——字面儿的影像还是用得着,不过一般的看起来,影像本身,不论是鲜明的,朦胧的,可以独立的诉诸感

白话诗文如何面对"声调"魅力?当传统诗歌的音韵、格律被打破之后,还能让人"百读不厌"吗?

177

觉的，是不够吸引人了；影像如果必需得用，就要配合全诗的各部分完成那中心的意义，说出那要说的话。在这动乱时代，人们着急要说话，因为要说的话实在太多。小说也不注重故事或情节了，它的使命比诗更见分明。它可以不靠描写，只靠对话，说出所要说的。这里面神仙、武侠、才子、佳人，都不大出现了，偶然出现，也得打扮成平常人；是的，这时候的小说的人物，主要的是些平常人了，这是平民世纪啊。（编者注："平民世纪"是相对于过去封建时代的"帝王世纪"而言。应该说，时代是发生了巨变，作者注意到时代对文学的影响，是一种非常有价值的文学批评观。伴随着当时知识分子对时代的认识，平民文学的提倡也一度成为潮流。最初由周作人于 1919 年 1 月在《平民文学》一文中正式提出，是指与文言的贵族文学相对立的、表现普通人们普遍与真挚感情的文学。）至于文，长篇议论文发展了工具性，让人们更如意的也更精密的说出他们的话，但是这已经成为诉诸理性的了。诉诸情感的是那发展在后的小品散文，就是那标榜"生活的艺术"，抒写"身边琐事"的。这倒是回到趣味中心，企图着教人"百读不厌"的，确乎也风行过一时。然而时代太紧张了，不容许人们那么悠闲；大家嫌小品文近乎所谓"软性"，丢下了它去找那"硬性"的东西。

文艺作品的读者变了质了，作品本身也变了质了，意义和使命压下了趣味，认识和行动压下了快感。这也许就是所谓"硬"的解释。"硬性"的作品得一本正经的读，自然就不容易让人"爱不释手"，"百读不厌"。于是"百读不厌"就不成其为评价的标准了，至少不成其为主要的标准了。但是文艺是欣赏的对象，它究竟是形象化的，诉诸情感的，怎么"硬"也不能"硬"到和论文或公式一样。（编者注：这一段表述有比较缜密的思辨色彩。如何掌握"硬"的尺度？当意义和使命成为人们急于要表达的东西之后，是否还需要声调、节奏、故事和情节？作者意识到了这些问题，也在试图回答这些问题。其实，这也是新文学作者们必须共同面对的重大问题，从实践层面上看，即使到今天也没有解决好，新文学中令人百读不厌的作品并不多。新文学之路任重而道远。）诗虽然不必再讲那带几分机械性的声调，却不能不讲节奏，说话不也有轻重高低快慢吗？节奏合式，才能集中，才能够高度集中。文也有文的节奏，配合着意义使意义集中。小说是不注重故事或情节了，但也总得有些契机来表现生活和

这里的软性与硬性，是从文学作品内容的角度加以区分。

寻找灵魂的栖息地

179

批评它;这些契机得费心思去选择和配合,才能够将那要说的话,要传达的意义,完整的说出来,传达出来。集中了的完整了的意义,才见出情感,才让人乐意接受,"欣赏"就是"乐意接受"的意思。能够这样让人欣赏的作品是好的,是否"百读不厌",可以不论。在这种情形之下,笔者同意:《李有才板话》即使没有人想重读一遍,也不减少它的价值,它的好。

行文至此,作者可以回答文章开头提及的问题,于是自然呼应前文,针脚细密。

但是在我们的现代文艺里,让人"百读不厌"的作品也有的。例如鲁迅先生的《阿 Q 正传》,茅盾先生的《幻灭》、《动摇》、《追求》三部曲,笔者都读过不止一回,想来读过不止一回的人该不少罢。在笔者本人,大概是《阿 Q 正传》里的幽默和三部曲里的几个女性吸引住了我。这几个作品的好已经定论,它们的意义和使命大家也都熟悉,这里说的只是它们让笔者"百读不厌"的因素。(编者注:新文学尚在起步阶段,可以百读不厌的作品不多,但是作者还是举出了一些可以称为百读不厌的一些作品。半个多世纪过去了,时间证明作者还是有眼光的,起码鲁迅先生的《阿 Q 正传》是一部让许多读者爱不释手、百读不厌的作品。茅盾先生的三部曲在现代文学发展史上也有一定的影响。)《阿 Q

正传》主要的作用不在幽默,那三部曲的主要作用也不在铸造几个女性,但是这些却可能产生让人"百读不厌"的趣味。这种趣味虽然不是必要的,却也可以增加作品的力量。不过这里的幽默决不是油滑的,无聊的,也决不是为幽默而幽默,而女性也决不就是色情,这个界限是得弄清楚的。抗战期中,文艺作品尤其是小说的读众大大的增加了。增加的多半是小市民的读者,他们要求消遣,要求趣味和快感。扩大了的读众,有着这样的要求也是很自然的。长篇小说的流行就是这个要求的反应,因为篇幅长,故事就长,情节就多,趣味也就丰富了。这可以促进长篇小说的发展,倒是很好的。可是有些作者却因为这样的要求,忘记了自己的边界,放纵到色情上,以及粗劣的笑料上,去吸引读众,这只是迎合低级趣味。而读者贪读这一类低级的软性的作品,也只是沉溺,说不上"百读不厌"。"百读不厌"究竟是个赞词或评语,虽然以趣味为主,总要是纯正的趣味才说得上的。(编者注:通观全文,作者从一个非常开阔的视角,展开对百读不厌这个话题的议论。从传统经典和传统诗文的趣味说起,引出现代新文学地位、作用的变化,强调新文学表现生活的意义和使命,对文学发展进行纵向梳理;同

作者对自己所推崇的作品有理性而深刻的认识。比如,对《阿Q正传》"幽默"与"油滑"的辨识、幽默的作用等,观点鲜明,表述精炼,很有深度。

时，始终围绕着文学作品的趣味和意义展开评说，以"纯正的趣味"作为评价作品"百读不厌"的重要标准。当然，这是作者的一家之说，在这个问题上，任何读者都有发言权，你以为文学作品有"百读不厌"的标准吗？如果有，应该是怎样的标准？）

1947 年 10 月 10 日作

寻找灵魂的栖息地

——论雅俗共赏

陶渊明有"奇文共欣赏,疑义相与析"的诗句,那是一些"素心人"的乐事,"素心人"当然是雅人,也就是士大夫。(编者注:"素心",心地纯朴之意。此语亦出自《移居》:"闻多素心人,乐与数晨夕。"以陶渊明诗文开头,自然引出话题。)这两句诗后来凝结成"赏奇析疑"一个成语,"赏奇析疑"是一种雅事,俗人的小市民和农家子弟是没有份儿的。然而又出现了"雅俗共赏"这一个成语,"共赏"显然是"共欣赏"的简化,可是这是雅人和俗人或俗人跟雅人一同在欣赏,那欣赏的大概不会还是"奇文"吧。这句成语不知道起于什么时代,从语气看来,似乎雅人多少得理会到甚至迁就着俗人的样子,这大概是在宋朝或者更后吧。(编者注:作者的判断一点儿没错,有资料表明,"雅俗共赏"这个成语最早出现在明人孙仁儒《东郭记·绵驹》中:"闻得有绵驹善歌,雅俗共赏。")

原来唐朝的安史之乱可以说是我们社会变迁的一条分水岭。在这之后,门第迅速的垮了台,社会的等级不像先前那样固定了,"士"和"民"这两

这两句诗出自陶渊明《移居二首(其一)》。陶渊明辞官后,隐居务农,后他搬到南村去住。南村又名南里,他的一些老朋友都住在那里。搬家之初,他曾写了两首《移居》诗。

寻找灵魂的栖息地

183

从第二段开始,以社会发展史和文学发展史为线索,讨论雅俗共赏的问题。先从唐朝的安史之乱时期说起。

个等级的分界不像先前的严格和清楚了，彼此的分子在流通着，上下着。而上去的比下来的多，士人流落民间的究竟少，老百姓加入士流的却渐渐多起来。王侯将相早就没有种了，读书人到了这时候也没有种了；只要家里能够勉强供给一些，自己有些天分，又肯用功，就是个"读书种子"；去参加那些公开的考试，考中了就有官做，至少也落个绅士。（编者注：此处的"公开考试"即指隋唐开始的科举考试。科举考试是隋唐到清代的封建王朝分科考选文武官吏及后备人员的制度。大量的平民子弟通过科举考试走向仕途。）这种进展经过唐末跟五代的长期的变乱加了速度，到宋朝又加上印刷术的发达，学校多起来了，士人也多起来了，士人的地位加强，责任也加重了。（编者注：可以说，四大发明中的活字印刷术是推动人类文明进程中作用最大的一项发明创造，它使知识学习得到极大普及，文化不再是社会特权阶级的专利。）这些士人多数是来自民间的新的分子，他们多少保留着民间的生活方式和生活态度。他们一面学习和享受那些雅的，一面却还不能摆脱或蜕变那些俗的。人既然很多，大家是这样，也就不觉其寒伧；不但不觉其寒伧，还要重新估定价值，至少也得调整那旧来的标准与尺

"寒伧"，即寒碜，北方话，与"寒酸"略同。难看，不体面。

度。"雅俗共赏"似乎就是新提出的尺度或标准，这里并非打倒旧标准，只是要求那些雅士理会到或迁就些俗士的趣味，好让大家打成一片。当然，所谓"提出"和"要求"，都只是不自觉的看来是自然而然的趋势。（编者注：上面一段是分析安史之乱以后社会阶层中"士"族的变化与壮大带来了雅俗共赏的社会基础。本段着重指出宗教、主流文化的影响对俗文化的推动。）

中唐的时期，比安史之乱还早些，禅宗的和尚就开始用口语记录大师的说教。用口语为的是求真与化俗，化俗就是争取群众。（编者注："语录"，是一种文体，应该说，早在唐朝之前就已存在，常用于门人弟子记录导师的言行，有时也用于佛门的传教记录。因其偏重于只言片语的记录，不重文采，不讲篇章结构，不讲篇与篇之间甚至段与段之间时间及内容上的必然联系，故称之为语录体。先秦记载孔子及弟子言行的《论语》及宋代记载程颢、程颐言行的《二程遗书》，均堪称语录体的典范。）安史乱后，和尚的口语记录更其流行，于是乎有了"语录"这个名称，"语录"就成为一种著述体了。到了宋朝，道学家讲学，更广泛的留下了许多语录；他们用语录，也还是为了求真与化俗，还是为了争取群

众。所谓求真的"真",一面是如实和直接的意思。禅家认为第一义是不可说的。语言文字都不能表达那无限的可能，所以是虚妄的。然而实际上语言文字究竟是不免要用的一种"方便"，记录文字自然越近实际的、直接的说话越好。在另一面这"真"又是自然的意思，自然才亲切，才让人容易懂，也就是更能收到化俗的功效，更能获得广大的群众。道学主要的是中国的正统的思想，道学家用了语录做工具，大大的增强了这种新的文体的地位，语录就成为一种传统了。<u>比语录体稍稍晚些，还出现了一种宋朝叫做"笔记"的东西</u>。这种作品记述有趣味的杂事，范围很宽，一方面发表作者自己的意见，所谓议论，也就是批评，这些批评往往也很有趣味。作者写这种书，只当做对客闲谈，并非一本正经，虽然以文言为主，可是很接近说话。这也是给大家看的，看了可以当做"谈助"，增加趣味。宋朝的笔记最发达，当时盛行，流传下来的也很多。目录家将这种笔记归在"小说"项下，近代书店汇印这些笔记，更直题为"笔记小说"；中国古代所谓"小说"，原是指记述杂事的趣味作品而言的。

那里我们得特别提到唐朝的"传奇"。（编者

寻找灵魂的栖息地

"笔记"，文体名，泛指随笔记录，不拘体例的作品。其中铺写故事，以人物为中心而较有结构的，称为笔记小说。著名的作品如《世说新语》（刘义庆）、《阅微草堂笔记》（纪昀）等。

"谈助"，谈论的资料。

注："传奇"本是传述奇闻异事的意思，唐传奇是指唐代流行的文言短篇小说。它远继神话传说和史传文学，近承魏晋南北朝志怪和志人小说，发展成为一种以史传笔法写奇闻异事的小说体式。代表作有李朝威的《柳毅传》、元稹的《莺莺传》、白行简的《李娃传》、蒋防的《霍小玉传》、陈鸿的《长恨歌传》等。)"传奇"据说可以见出作者的"史才、诗笔、议论"，是唐朝士子在投考进士以前用来送给一些大人先生看，介绍自己，求他们给自己宣传的。其中不外乎灵怪、艳情、剑侠三类故事，显然是以供给"谈助"，引起趣味为主。无论照传统的意念，或现代的意念，这些"传奇"无疑的是小说，一方面也和笔记的写作态度有相类之处。照陈寅恪先生的意见，这种"传奇"大概起于民间，文士是仿作，文字里多口语化的地方。陈先生并且说唐朝的古文运动就是从这儿开始。他指出古文运动的领导者韩愈的《毛颖传》，正是仿"传奇"而作。<u>我们看韩愈的"气盛言宜"的理论和他的参差错落的文句，也正是多多少少在口语化。</u>他的门下的"好难"、"好易"两派，似乎原来也都是在试验如何口语化。(编者注：唐宋时期的文学革新运动，其内容主要是复兴儒学，其形式就是反对骈文，提倡古文，注意

寻找灵魂的栖息地

陈寅恪是中国现代历史学家、古典文学研究家、语言学家，代表作是《陈寅恪魏晋南北朝史讲演录》、《隋唐制度渊源略论稿》、《唐代政治史述论稿》、《元白诗笺证稿》、《柳如是别传》等。

汲取口语中的新鲜词汇，提炼为一种接近口语的新的书面语言。明人以"唐宋八大家"为其代表人物。用古文运动中"好难"、"好易"两派的得失消长，论证雅俗共赏是历史的必然趋势。）可是"好难"的一派过分强调了自己，过分想出奇制胜，不管一般人能够了解欣赏与否，终于被人看做"诡"和"怪"而失败，于是宋朝的欧阳修继承了"好易"的一派的努力而奠定了古文的基础。——以上说的种种，都是安史乱后几百年间自然的趋势，就是那雅俗共赏的趋势。

　　宋朝不但古文走上了"雅俗共赏"的路，诗也走向这条路。胡适之先生说宋诗的好处就在"做诗如说话"，一语破的指出了这条路。自然，这条路上还有许多曲折，但是就像不好懂的黄山谷，他也提出了"以俗为雅"的主张，并且点化了许多俗语成为诗句。（编者注：关于宋诗的评价，自南宋严羽《沧浪诗活》起就存在着严重的分歧，直至在文学史上形成了"尊唐"与"崇宋"两大派系。钱钟书论宋诗、唐诗关系时说："宋人能够把唐人修筑的道路延长了，疏凿的河流加深了，可是不曾冒险开荒，没有去发现新天地。"胡适对宋诗的评价不过是一家之言。宋诗开始有意地"以俗为雅"，不论创作

结果如何,也十分可贵,这也是朱自清先生特别欣赏宋诗的原因。)实践上"以俗为雅",并不从他开始,梅圣俞、苏东坡都是好手,而苏东坡更胜。据记载梅和苏都说过"以俗为雅"这句话,可是不大靠得住;黄山谷却在《再次杨明叔韵》一诗的"引"里郑重的提出"以俗为雅,以故为新",说是"举一纲而张万目"。他将"以俗为雅"放在第一,因为这实在可以说是宋诗的一般作风,也正是"雅俗共赏"的路。但是加上"以故为新",路就曲折起来,那是雅人自赏,黄山谷所以终于不好懂了。不过黄山谷虽然不好懂,宋诗却终于回到了"做诗如说话"的路,这"如说话",的确是条大路。

黄山谷,即黄庭坚,自号山谷道人。北宋诗人、词人、书法家,为盛极一时的江西诗派开山三宗之一。

雅化的诗还不得不回向俗化,刚刚来自民间的词,在当时不用说自然是"雅俗共赏"的。别瞧黄山谷的有些诗不好懂,他的一些小词可够俗的。柳耆卿更是个通俗的词人。词后来虽然渐渐雅化或文人化,可是始终不能雅到诗的地位,它怎么着也只是"诗馀"。词变为曲,不是在文人手里变,是在民间变的;曲又变得比词俗,虽然也经过雅化或文人化,可是还雅不到词的地位,它只是"词馀"。(编者注:如果说宋人创作有以俗为雅的成功,当首推柳永(耆卿是他的字)。想一想"凡有井水处,即

"诗余"、"词余"的别称正是雅俗文化不断交融的见证。

谈雅俗问题,作者非常注意词语的精确内涵:雅俗共赏、以俗为雅、俗不伤雅等各有侧重,但作者睿智地指出,历史上雅与俗不是分庭抗礼,而是俗不断被雅化的过程。

能歌柳词"的盛况吧,可以说,他就是当时最有名的通俗歌曲词作者。富有意味的是,当日的通俗已成为历史的经典。)一方面从晚唐和尚的俗讲演变出来的宋朝的"说话"就是说书,乃至后来的平话以及章回小说,还有宋朝的杂剧和诸宫调等等转变成功的元朝的杂剧和戏文,乃至后来的传奇,以及皮簧戏,更多半是些"不登大雅"的"俗文学"。这些除元杂剧和后来的传奇也算是"词馀"以外,在过去的文学传统里简直没有地位;也就是说这些小说和戏剧在过去的文学传统里多半没有地位,有些有点地位,也不是正经地位。(编者注:总的说来,小说、戏剧,特别是白话章回体小说在"五四"运动之前不等"大雅之堂"的。)可是虽然俗,大体上却"俗不伤雅",虽然没有什么地位,却总是"雅俗共赏"的玩艺儿。

"雅俗共赏"是以雅为主的,从宋人的"以俗为雅"以及常语的"俗不伤雅",更可见出这种宾主之分。起初成群俗士蜂拥而上,固然逼得原来的雅士不得不理会到甚至迁就着他们的趣味,可是这些俗士需要摆脱的更多。他们在学习,在享受,也在蜕变,这样渐渐适应那雅化的传统,于是乎新旧打成一片,传统多多少少变了质继续下去。前面说过的文体和诗风的种种改变，就是新旧双方调整的过程，结果迁就的渐渐不觉其为迁就，学习的也渐渐习惯成了自然，传统的确稍稍变了质，但是还是文言或雅言为主，就算跟民众近了一些，近得也不太多。

至于词曲，算是新起于俗间，实在以音乐为重，文辞原是无关轻重的；"雅俗共赏"，正是那音乐的作用。后来雅士们也曾分别将那些文辞雅化，但是因为音乐性太重，使他们不能完成那种雅化，所以词曲终于不能达到诗的地位。而曲一直配合着音乐，雅化更难，地位也就更低，还低于词一等。可是词曲到了雅化的时期，那"共赏"的人却就雅多而俗少了。真正"雅俗共赏"的是唐、五代、北宋的词，元朝的散曲和杂剧，还有平话和章回小说以及皮黄戏等。皮黄戏也是音乐为主，大家直到现在都还在哼着那些粗俗的戏词，所以雅化难以下手，虽然一二十年来这雅化也已经试着在开始。（编者注：能够不被雅化，还可雅俗共赏的就是这些因为音乐的缘故而很难雅化的文学样式。而今，在人们的推崇下，它们中的绝大多数也成为文学殿堂的经典之作，对今人而言，雅俗共赏也非易事。昨日之俗，已成今日之雅；今日之雅，将成明日之俗。雅俗

寻找灵魂的栖息地

191

寻找灵魂的栖息地

雅与俗，"共赏"范围的大与小，孰轻孰重，该何去何从，这些问题不仅属于朱自清的时代，也属于我们这个时代。

这是一个普及与提高的问题。雅文化要向大众普及，大众要不断提高欣赏水平。

的对立是暂时的，交融则是永恒的。）平话和章回小说，传统里本来没有，雅化没有合式的榜样，进行就不易。《三国演义》虽然用了文言，却是俗化的文言，接近口语的文言，后来的《水浒传》《西游记》、《红楼梦》等就都用白话了。不能完全雅化的作品在雅化的传统里不能有地位，至少不能有正经的地位。雅化程度的深浅，决定这种地位的高低或有没有，一方面也决定"雅俗共赏"的范围的小和大——雅化越深，"共赏"的人越少，越浅也就越多。所谓多少，主要的是俗人，是小市民和受教育的农家子弟。在传统里没有地位或只有低地位的作品，只算是玩艺儿；然而这些才接近民众，接近民众却还能教"雅俗共赏"，雅和俗究竟有共通的地方，不是不相理会的两橛了。

单就玩艺儿而论，"雅俗共赏"虽然是以雅化的标准为主，"共赏"者却以俗人为主。固然，这在雅方得降低一些，在俗方也得提高一些，要"俗不伤雅"才成；雅方看来太俗，以至于"俗不可耐"的，是不能"共赏"的。但是在什么条件之下才会让俗人所"赏"的，雅人也能来"共赏"呢？我们想起了"有目共赏"这句话。（编者注：作者提出一个重要问题：雅俗共赏的标准是什么呢？"有目共赏"的"有目"可以成为一个标准,即人都有相同的审美经验。但是,在具体的、常识的、现实的事物和趣味上可以做到"共赏",而对文化产品则非易事。)孟子说过"不知子都之姣者,无目者也","有目"是反过来说,"共赏"还是陶诗"共欣赏"的意思。子都的美貌,有眼睛的都容易辨别,自然也就能"共赏"了。孟子接着说:"口之于味也,有同嗜焉;耳之于声也,有同听焉;目之于色也,有同美焉。"这说的是人之常情,也就是所谓人情不相远。但是这不相远似乎只限于一些具体的、常识的、现实的事物和趣味。譬如北平吧,故宫和颐和园,包括建筑,风景和陈列的工艺品,似乎是"雅俗共赏"的,天桥在雅人的眼中似乎就有些太俗了。说到文章,俗人所能"赏"的也只是常识的,现实的。后汉的王充出身是俗人,他多多少少代表俗人说话,反对难懂而不切实用的辞赋,却赞美公文能手。公文这东西关系雅俗的现实利益,始终是不曾完全雅化了的。<u>再说后来的小说和戏剧,有的雅人说《西厢记》诲淫,《水浒传》诲盗,这是"高论"。</u>(编者注:问题出在有些审美标准因人而异,同样的审美对象,得出的结论可能就不一样。作者以《西厢记》、《水浒传》为例,说明雅俗欣赏的严重对峙。在《红

作者对身处的新时代充满赞美和期盼，因为这个时代有了五四运动开启的新文化，有了因五四运动而产生的知识阶级，还有了白话正宗的新文学。

楼梦》中，曹雪芹借林黛玉之口称赞它"曲词警人，余香满口"，但在当时却被卫道者们视作"诲淫"的禁书。"高论"，反语也。作者以此表达对这种看法的不以为然。）实际上这一部戏剧和这一部小说都是"雅俗共赏"的作品。《西厢记》无视了传统的礼教，《水浒传》无视了传统的忠德，然而"男女"是"人之大欲"之一，"官逼民反"，也是人之常情，梁山泊的英雄正是被压迫的人民所向望的。俗人固然同情这些，一部分的雅人，跟俗人相距还不太远的，也未尝不高兴这两部书说出了他们想说而不敢说的。这可以说是一种快感，一种趣味，可并不是低级趣味；这是有关系的，也未尝不是有节制的。"诲淫"、"诲盗"只是代表统治者的利益的说话。

十九世纪二十世纪之交是个新时代，新时代给我们带来了新文化，产生了我们的知识阶级。这知识阶级跟从前的读书人不大一样，包括了更多的从民间来的分子，他们渐渐跟统治者拆伙而走向民间。于是乎有了白话正宗的新文学，词曲和小说戏剧都有了正经的地位。还有种种欧化的新艺术。这种文学和艺术却并不能让小市民来"共赏"，不用说农工大众。于是乎有人指出这是新绅士也就是新雅人的欧化，不管一般人能够了解欣赏与否。他们提倡"大众语"运动。但是时机还没有成熟，结果不显著。抗战以来又有"通俗化"运动，这个运动并已经在开始转向大众化。（编者注：作者看到了新文学的主要问题：没有让大众"共赏"。尽管有"大众语"、"通俗化"等运动，还没有达到雅俗共赏的程度。这种遗憾构成了这篇文章的写作背景，在这个意义上，作者论雅俗共赏的问题是有时代针对性的。）"通俗化"还分别雅俗，还是"雅俗共赏"的路，大众化却更进一步要达到那没有雅俗之分，只有"共赏"的局面。这大概也会是所谓由量变到质变吧。（编者注：整篇文章不是讨论什么是雅俗，也不是要区分雅俗的高下，而是通过翔实的文化发展史的回溯，呈现一个雅俗文化不断对峙、不断融合的"自然趋势"，作者要告诉我们，没有雅俗文化的截然鸿沟，也没有雅俗合一的单一局面，文化的长河就是在雅俗文化对峙与融合中向前奔流。）

1947 年 10 月 26 日作

1. 可参照阅读《子恺的画》(叶圣陶)、《我所见的叶圣陶》(朱自清)等文章,对朱自清同时代其他知识分子的精神世界和文化成就有更多的了解。

2. 选读《经典常谈》、《论雅俗共赏》、《标准与尺度》、《语文影及其他》等朱自清著作,更多地了解中国传统文化精髓,思考社会人生的重大问题。

图书在版编目(CIP)数据

寻找灵魂的栖息地——朱自清散文精读/朱自清原著;陈爱平编注.
—上海:复旦大学出版社,2008.8(2016.9 重印)
(著名中学师生推荐书系)
ISBN 978-7-309-06204-5

Ⅰ. 寻⋯ Ⅱ. ①朱⋯②陈⋯ Ⅲ. 散文-作品集-中国-现代 Ⅳ. I266

中国版本图书馆 CIP 数据核字(2008)第 113544 号

寻找灵魂的栖息地——朱自清散文精读
朱自清 原著 陈爱平 编注
责任编辑/李又顺

复旦大学出版社有限公司出版发行
上海市国权路 579 号 邮编:200433
网址:fupnet@fudanpress.com http://www.fudanpress.com
门市零售:86-21-65642857 团体订购:86-21-65118853
外埠邮购:86-21-65109143
上海市崇明县裕安印刷厂

开本 890×1240 1/32 印张 7 字数 201 千
2016 年 9 月第 1 版第 4 次印刷
印数 9 401—13 500

ISBN 978-7-309-06204-5/I·446
定价:16.00 元

如有印装质量问题,请向复旦大学出版社有限公司发行部调换。
版权所有 侵权必究